U0045178

用心‧忘記

那年相遇的初秋，
我十二...而妳十六。

展令橋 著

白象文化

作者介紹

展令橋（筆名）

電影編劇、剪接師、填詞人。白羊座，曾留學澳洲修讀電影及哲學，畢業於 Box Hill Institute 舞臺管理系。香港公開大學電影編劇專業證書，填詞作品曾登上華語金曲榜。07 年加入 TVB 任職戲劇科，12 年於亞洲電視升任編導，15 年移居北京成為影視劇剪接師兼後期導演，近年參與多套電影之剪接以及編劇工作。
歡迎瀏覽作者 Facebook 個人專頁：乳齒童時
聯繫電郵：poohpooh0408@gmail.com

用心・忘記

故事內容簡介

　　故事發生於上世紀 1998 年暑假前，兩個女生相遇在初中校園，女孩的「大姐大」外表令主角不寒而慄，印象尤其深刻。輾轉三年過去，經歷過幾次惹人曖昧的宿營，從此以後他們的關係變得不一樣，彼此漸生情愫，卻因宗教及家人的壓力令到兩人喘不過氣……

　　1998 年、2006 年和 2020 年，三個不同維度的主角，各自訴說著當刻內心的感受，用一個立體的角度呈現兩個女生的初戀故事。

推薦序

「真的要多得他去使我懂得，每一個故事結尾無非是別離總是別離」。看故事的時候，心裡不期然地想起了這首歌，時間走的太快了，但所有的美好仿佛都停在了那個從前。這也許就是我們對初戀的感覺吧！當年以為轟轟烈烈的愛情，到最後還是無聲無息的消逝了。那個你曾經捧在心尖上的人卻只能留在你心裡的某個角落裡。其實我最大的遺憾，不是你的遺憾和我有關，而是你所有的遺憾，都跟我沒關係了。在你的世界裡我是被遺忘的一個。

看著文中的故事，又找回了初戀青澀的感覺，在懵懂年紀中的愛情，那種執著，那種純粹，那種把對方當成全世界的熱血湧動，都是人生無法複製的美好。縱使傷痕纍纍，但是你卻定格在我最美的回憶裡。

跟作者相識至今轉眼 15 年，她是一個感情細膩且善良的人，還總帶著那麼一點點的玻璃心。常常被人欺負，跟她說有時面對一些人要狠一些，要不然受傷害的還是妳自己。看到她的初戀經歷，果然切合她的性格，也可以想像得到她當時的痛。人總要學著成

長的，所有的經歷都是為了成就更好的自己。希望那個已經陌生的她有天會知道，今天的妳，不負青春裡愛過她一場。

友人　文捷

自序

　　某日和媽媽在家收拾，從行李箱內找到一本心情日記，裡面大概是一些生活內容和過去對戀愛的感想，我隨意看了一眼便順手扔在準備丟棄的行李箱內，媽媽看到大叫⋯⋯

　　「這些你不要了？好感動的哦！」媽媽怪裡怪氣的說。

　　聽罷，我大腦一陣缺氧，背部立刻有團火升起，抱怨道：「有沒有搞錯啊？幹嘛看人家的隱私？」

　　媽媽挺挺胸，理直氣壯回應：「我不看內容，又怎麼知道是什麼呢？不知道是什麼，我又怎麼收拾呢？」被重擊的我腦海中突然浮現周星馳先生主演的電影《喜劇之王》內的一句經典對白，有看過的讀者都一定知道我在說的哪句。

　　「我⋯⋯」我不出個所以然，我沉默了。媽媽竟然回答得這麼無懈可擊，道理似有還無，我只能無言以對被直接「K.O.」

　　連媽媽也感動的文字，令我想到了塵封十五年的這個故事，一直想把它出版，但拖延症末期的我卻把

用心・忘記

8

它放在一旁，一放十五年。很多人問我的英文名字SP 是什麼意思，當然不是「Sex Partner」，也不是「Senior Producer」，而是「Small Potato」的意思，他們不知道這正正就是我當年寫這個故事時候的筆名。當年失意的我感覺自己只是對方人生中的一個小人物，一個過客，所以才有了這個奇怪的名字。一方面是提醒我不要再對過去依戀，另一方面亦是提醒我無論工作或是做人處事，多點把自己當成小人物，用謙虛的心去學習，不張狂不自誇（盡量），言也不能過其行。

從電腦的檔案裡重讀著這些「歷史遺物」，心裡的觸動變成了衝動，多年前的念頭再次浮現，我聯絡朋友，聯絡了好幾個出版商，一步步了解，一步步實踐，畢竟第一次……心裡非常膽怯，但知道有些事情過了那股衝動，便不會再出現，就好比你拋一塊石頭進水裡，出現了一陣漣漪，不消一刻水面便回復了平靜，彷彿什麼都沒有發生，然後繼續營營役役去做自己喜歡或不喜歡的工作，過自己滿意或不滿意的生活。心裡一直有一把聲音跟我說：「Do something!」就這樣，我就把那些已經失落了的記憶重新找回，把故事修改，希望能在有生之年完成一些初心夢想，做

一個不後悔的人。

　　這本小說從排版到封面，我沒有將就過，某天清晨醒來，封面的完整設計突然浮現在腦海，從秋天過渡到冬天，從相遇過渡到漸行漸遠，彷彿有一股力量一路帶領著我去完成這個經歷，但只會畫火柴人的我，縱然腦海中有整幅構圖，我卻無能為力把它實踐，感恩，那股力量又再一次作用在我身上，「找中學教我美術的詩詩老師吧！」這個也是靈光一閃的念頭。

　　很順利透過老師，找了中學的小師妹來幫我設計這個封面，我非常感激，也感恩這股力量一直帶領著我，叫我不要膽怯，放心去做，無論結果怎樣，我不後悔。感謝現在還手執這本書讀著這自序的您，希望這個藏著三個不同維度的「我」的故事，能夠令你有一刻感動，有一絲共鳴。最後希望這個地球能夠快速復原，讓我們能夠愉快的體會這輩子的人生旅行。

　　PS，雖然你經常喜歡「收拾東西」，But I still love you, mom!

寫於 2020 年 11 月 4 日凌晨 5 點

用心・忘記

目錄

第一章：相遇在初秋

　　一段想用心忘記，卻淡然記起的小故事，每晚都纏繞著我的腦海，偶爾還會來探望我的夢⋯⋯想去放手，卻又不其然捉得更緊。藏在心間灰暗的角落，沒有人願意提起，沒有人願意伸手觸碰，卻並沒有人真正忘記⋯⋯

　　寫這個故事時我十九歲，妳可能是唯一不願意參與其中的讀者。沒有回應，只有沉默，看不見妳的表情，聽不見妳的聲音。會是那像冰一樣的眼神嗎？還是妳這座冰山，已經漸漸被融化？可是我知道，那並不會是這個還會坐著寫故事的傻瓜。與其每天在祈求懂得忘記，卻又害怕忘記後，找不到回憶的失落，寫下它，好讓我安心忘記⋯⋯

　　內心沒有存在激盪，沒有聲嘶力竭的叫喊，當作故事般，用平常心憑我僅餘的記憶記錄著，因我知道不久的將來，我能夠不費力氣地，用心⋯⋯忘記⋯⋯

　　　　　　　　　　　寫於 2005 年 12 月墨爾本家中

用心・忘記

（一）

八月尾的天氣仍然炎熱，吹來的微風並沒有令人期待，因為就連風，也帶著一股熱情。緊緊包圍著每個經已著火的身軀。

當然，我也不例外。就算平常汗並不多的我，也能夠感覺它們從我的髮際間冒出，然後爭先恐後掉下來，紅通通的臉已經隨著我的心情，開始變黑……

徒步上了黃色天橋，望向下方的公園，看見很多上了年紀，穿著白背心加短褲子，再配上人字拖的伯伯圍著桌子看棋局，看見那統一的打扮，想起了我們小學的校服，也許，他們穿的會比我們班那些男同學來得更加順眼，至少伯伯們那張口，不會比那班乳臭未乾的男同學來得更差就是了……

「哪會這麼走的呀？」「媽的！用用腦啦！這樣他會把你的炮吃掉呀！」「靠！旁觀者給我閉咀吧！」聽見他們的唇槍舌劍，俗不可耐的助語詞，我決定，收回剛剛那句順眼的形容詞。男人，是否真的這麼不靠譜又幼稚？

甩一甩頭，沒時間多想，我加快了腳步。因為今天是中一的分班試，我的中學是一所全新的校舍，是

新得還未正式啟用那種，我們這批第一屆的中一新生，只好投靠鄰近的小學來考這個分班試。

看看手錶，要遲到了！

從來都覺得穿校裙是一項挑戰，性格粗魯的我，不時要提醒自己不能行差踏錯，舉止要斯文，不然吃虧的只有自己，但這次，我鼓起勇氣，不得不用跑的。三步併作兩步跑到大堂，在壁報板上那些密密麻麻的名字尋找屬於自己的。

「有了！306號。」我心裡默念。

按著壁報板上的房號，我不顧儀態的衝了上去，打開門接受了一陣子的注目禮，我找到了自己的座位。

同學們大多都在準備著，有的在吵鬧，有的在做著垂死掙扎，背誦一些大概用不著的公式，吵鬧聲響遍整個課室。

一向走自然路線的我，當然沒有那個閒情逸緻在讀書，卻因為家庭關係，來自跨區的我，並沒有像他們般幸運，身邊總有兩、三個認識的老同學能夠相認……不一會兒，有個健碩的中年男子走進來，他大概不是來分班吧？好明顯，他是老師。

用心・忘記

第二章：三年後的醒覺

　　蘊釀了多年，終於動筆完成第一章。感謝友人提醒中文逐漸退步的我錯別字。學習有如逆水行舟，不進則退，是不變的定律。文筆縱然不怎突出，用詞更是千篇一律，可我卻用心記錄著，不想遺忘每一個鏡頭，遺忘每一段回憶……你們的說話、鼓勵，更是我堅持的動力，知道你們曾經用心去讀著，那就夠了……

　　而妳呢？縱然知道妳不可能會看到這些故事，縱然知道妳對我的事不聞不問，不屑一顧，但我卻未曾介意，這反而讓我更能拋開所有枷鎖，盡情地記錄我想記錄的。

寫於 2005 年 12 月墨爾本初夏

（二）

「百世修來同船渡，千世修來共枕眠。」

能夠相遇，已是一種緣。很多時我依然會反複地想，若果我不選擇這間學校，不選擇團契，不選擇了解妳，我會否依然能夠愛妳？若我沒有愛上妳，那我心裡的位置，今天又會留給誰？我會慶幸沒有碰上妳，還是會遺憾沒有遇見妳？

太多的若果，太多的假設，答案卻太少……天知道……

日落日出，到了正式開學的日子。喧鬧的操場上不時傳出同學們的笑聲，女生有女生們的圍著閒聊，男生有男生們的你追我逐，打打鬧鬧，河水不犯井水。都說跨區選校的我並沒有他們幸運，和朋友有聊不完的話題。孤獨的我只好躲在一邊像個木頭人一樣看著，無聊得很。突然想起分班試令我肅然起敬的妳，下意識地四處尋找妳的影子，高大的妳應該並不難看見，可是環顧了四周，就是找不到。熱鬧的氣氛好像蓋過了妳獨特的冷漠……

用心・忘記

「是轉校了嗎？」

　　我這樣想，一方面放鬆是因為不用再接觸妳冷死人的咀臉，一方面卻因為可能再看不見妳而悄悄失落。而妳就像過客般，不留痕跡，就這樣消失了……忙著適應初中的生活，沒再出現的妳，已被我漸漸遺忘。認識了很多新同學，一向有點面盲的我……其實也不是一點，是嚴重臉盲的我，來不及記著他們的樣貌，名字已急不及待逃離我的記憶。一群群的小圈子是初中生愛玩的遊戲，遊走於他們之間，卻不真正屬於任何一群。那種表示合群的方式，大概不是我杯茶。隨著日子一天一天地過，我由老師眼中沉默寡言的好學生，變成老師口中專製造噪音的「喇叭」。能夠有這樣的轉變，很明顯，我的中學生涯是漸上了軌道。

　　拋東西上高速轉動中的風扇，任由它「拍」一聲打落不同的同學，用報紙自製特大足球，在課室亂拋；改花名，整老師……這些無聊的舉動，哪有小朋友沒做過？當我們做著小朋友行為時，有的卻學著玩起成人間危險的愛情遊戲。只是，每次都令人失望，他們的存在，只有增添同學間的共同話題罷了。這支

曲還未聽完，那支曲又徐徐播起……重複又重複，愛情在他們身上，都變得兒戲。也許愛情根本就是種兒戲的玩意兒，可幸的是，不懂愛情的我，找到了另一種情——友情。認識了一生難得的三位知己，經歷過酸甜苦辣，得來確實不容易。

打打鬧鬧的升上了中三，活躍的我開始專注課外活動，偶爾處理班會事務、辦活動、打打籃球比賽，有時又忙於劇社的排練。本身名義上是天主教徒的我，在朋友帶領下，更開始參與團契。也許，那是我人生的一個轉捩點。因為神，我和妳能夠相遇，相知，繼而走在一起，但諷刺的是，那竟是祂所厭惡的，是世俗間所不容許的……如果說這是一個錯誤，一個玩笑，那這就是個嚴重的錯誤，一個很冷很冷的玩笑……

就是那次的分組討論，我第一次真正接觸平常話不多的妳，當妳說到感慨事，竟然默默地哭了。

「幫幫忙安慰她一下吧！」
也許是我平常話多，老師向我打一打眼色吩咐著。

用心・忘記

其實對妳印象並不深刻，認識妳，只局限於妳是老師眼中的高材生，是頭三甲的必然正選，而且是同學口中思想成熟、處事冷靜，是中文與數學科的專家。觸碰到妳淚流滿面的神情，偶爾夾帶著因啜泣而造成的輕微抽搐、抖震。那一刻，就算我平常話再多，也吐不出半句動聽的安慰說話。僵硬的手有一下沒一下的輕拍著妳的肩膀，說了些什麼已記不起了，但有一刻望著你，腦袋像被雷劈開一樣，突然一片空白。眼前的妳竟然就是當日分班試那個冷漠的高個子女生！認人少條神經的我，竟然因為妳剪掉了一頭長髮而忽略了妳整整三年，對！三年！同時小解答了我當初的疑問，原來妳沒有轉校，原來妳不曾離開過，轉的……是髮型罷了……現在說起，也會覺得很丟臉。

　　就這樣，我開始真正認識妳。

　　升上了中四，汰弱留強是社會的一個定律，是教育制度衍生出來的一個殘酷現實。忍痛的割走了兩班同學，卻間接地使團契的人數減少。升上了高中，變成團契學生職員的我們，接觸的時間反而更多了。

一起帶領活動，一起分享，一起討論，一起去宿營……和妳已經變成無所不談的朋友。彼此的好感也隨著時間而日漸增加。第一個團契宿營，路盲的我是理所當然的記不起地點，卻記得當時的種種……

　　分享、祈禱少不免，雖然做到了組長，可是其實我卻不太熱衷於分享、祈禱。看著他們「神呀！神呀！」我會覺得，很怪……

　　巧合地，妳也有同樣的感覺。也許理智都使我們不能夠放開，愈大聲去唱，手舉得愈高愈令我感到不舒服。是我天生沒有資格經歷相信神的喜悅？不配做祂那羊群的其中？其實我應該一早有了答案。

　　經過了營火會，難忘那怪異的舞姿，玩過一輪遊戲，大家都開始累了。洗過澡，寫過今天的心情經歷和分享，他們把床推在一起，這使原本已經睡在隔離的妳與我更貼近。下層並沒有像上層一樣有阻人的欄杆圍著。他們有他們在上層玩撲克牌，我們有我們在看書、聊天。和妳有聊不完的話題，妳更說了一個同學的小祕密給我聽，那個祕密，確實令人難以置信。

　　燈關了，經過一整天的運動，同學們大概都累了，不消一會兒全都入睡。也許我們都是女生，妳並

用心・忘記

不在乎身體接觸什麼的。妳不經意的向我愈移愈近，我確實嚇得不能入睡，半睡著的妳更用手輕輕的摟著我，把妳的腿壓向我。

「妳確定這樣舒服嗎？」
「嗯。」半睡的妳顯然是在打發我愚蠢的提問。
難為我緊張得一整晚無法入睡……就是因為無法入睡，我發現了妳的身體偶爾會無意識的抖震一下，像害怕什麼似的。

「為什麼呢？是沒有安全感嗎？」我心想。
每當妳身體跳動一下，靠著妳的手愈會抱得更緊，試圖去給妳力量給妳支持。更害怕移動會把熟睡中的妳吵醒。
究竟是什麼會令妳沒有安全感？維持著一個姿勢，僵直著身子的我，聽著妳輕輕打呼，思考著妳的事情整整一夜，直到日出……我很確定，那一晚，妳是睡得很舒服。

天亮了，同學們都陸續起床，有個早上才入營的同學進來，看著妳摟著我惺忪的樣子，看著我的手繞過妳的頸項，充當妳的睡枕。

「好似呀！妳們兩個太似一對了！」說完還要夾雜一絲絲的驚嘆，好像發現什麼新大陸似的。

「三八！」我心想，卻因為她的說話而向妳望去，害怕妳會因為她的說話而開始對我有所顧忌。看著妳愛理不理的樣子，依舊用妳的冷漠望向她。接觸到妳的眼神，她閉上了那張有點異味的嘴巴。

「管她說什麼的，我們怎樣又與她何干？」妳在我耳邊小聲說著。

我立刻放鬆了許多，至少這證明，妳對我沒有什麼樣的抗拒。就是這個宿營，我們變得更親密，是那種比朋友再親密一點的關係。都說宿營會令兩個曖昧的人「中招」，經過這個宿營，我們變得更親密，可是，當我發現自己內心真正感覺時，卻又是由於另一次的宿營……（待續）

用心·忘記

第三章：曖昧來得剛好

　　愈是寫，心裡愈是平淡。享受寧靜的時光，只有這個環境，配合充裕的時間，我才能夠放鬆的躺在床上，寫我想寫的……

　　沉醉在自己的世界內，偶爾來杯伏特加混可樂，又或是自製的牛奶咖啡，甚或是用熱水沖的蜜糖水，都能夠安撫我緊張的情緒，得到一陣安慰。靜靜的在尋找回憶，本是平靜的，卻傳來友人支持的話語……

　　「慢慢啦，只要你用心去寫，那個她一定會看到的……知道有人寫一篇好文章給自己，是一種幸福……她會看得出你的用心，她會感動的。」

　　「不會的，她不會知道，我可以肯定……」「你怎麼肯定？」

　　「不知道，不要再說了……我不想哭著寫下去……」

　　寫這個故事，都只是為了記錄著我的回憶……幫助自己忘記……但這數句說話卻衝擊著我，令到我有想哭的衝動……

妳會看見嗎？我不知道，至少我並沒有刻意讓妳看見，把所有可能的渠道都親手關了。是妳拒絕我再次進入妳的生活，我不可能再厚著臉皮賴著不走……而妳不屑的態度，更表明我的立場沒有錯……妳確實是已經不在乎了，我知道……

好不容易才能夠適應不打擾妳的日子……我不願意再做昨日那個令妳煩厭的人，再做那些令妳厭惡的舉動……我有權利掌握自己的幸福，操縱自己的苦與樂……不是嗎？

寫於 2006 年 1 月墨爾本仲夏

（三）

也許是天生的，打從幼稚園開始，習慣男仔頭的我雖然不明白戀愛是怎麼樣的一回事，卻對女生有著很特別的情感，很想保護她們。上幼稚園，我會因為女生嘴裡的一句「他們很吵耳！」而命令所有追逐中的小男生放慢腳步。到雜貨店買軟糖，會多買一份給她，畫圖畫會給她先選喜愛的顏色，才到自己；砌積木會強搶別人多餘的件塊，留給她完成想要的部分……不知道這是否是愛，還只是單純地為了她開心

而做的行為。小孩子簡單，直接，連愛也是……不似成人世界裡的你猜我度。

經過了上次的宿營，我們愈見團結。雖然每次碰面都只會在團契的時間裡，私底下並沒有聯絡，但每次見面都會教我期待，心情更會變得開朗。從來都知道你是個堅強，固執的人，就連玩攀石，也巾幗不讓鬚眉。記得那一次，我們在學校學著攀石，因為那裡有一個斜板作障礙，男生們大都放棄了，站在一旁妳眼望我眼，只有妳沒有放棄，一步一步的攀了上去。

「噹噹噹」隨著掛在上面的吊鐘發出的聲響，所有人目瞪口呆望著攀上了差不多三樓高的妳，是妳把那個鐘敲響，做到了男生們都要放棄的舉動……

「拍拍拍拍拍……」一連串混合著驚嘆的掌聲，是給妳的。那一刻，我為妳感到自豪……

長時間的相處、分享、討論……對妳的印象由冷漠轉變成冷靜，由生人勿近轉變成善解人意，妳是一個傾訴的好對象。也許是妳的經歷不同，比同學年長的妳，處事往往較我們成熟。

第三章：曖昧來得剛好

27

「再了解妳一點！」這是我所渴望的⋯⋯

握著手上的通告，我們團契又辦了個宿營，而不同的是，這次只是我們高團職員的聯誼宿營。是上天給我的機會，還是上天給我的陷阱？難得的復活節假期，天朗氣清的一天，我們分批先到達了渡假屋準備食物什麼的，老師和另外一批傍晚才到達。看著桌子上滿布的美味佳餚，看著在廚房忙個不停的妳，看著我們圍著桌邊望著食物發呆，偶爾要接著掉下來的口水的饞相⋯⋯不用猜，遲來的老師們都知道那絕對是出自妳手的。

「入得廚房，出得廳堂。」我找不到更好的形容詞能夠形容妳，心裡暗暗妒忌起那個將來有福氣娶妳的人。

飯後，我們十多人圍在地上用撲克牌玩那個叫做「七級豬」的遊戲。過程搞笑又刺激，妳笑得人仰馬翻。也許是太忘形，好幾次，妳的頭都撞上了妳身後的大櫃子。每一下都聽見清脆的「碰」一聲⋯⋯老師們打趣的笑說，高材生也許就是這樣撞出來的，我和同學卻擔心起若撞爛櫃子要賠償的事宜。

用心・忘記

又一局了！

「哼！不玩了，每次都是我輸的，不公平！」也許李老師天生較遲鈍，十局中總有七、八局他要做「升級豬」。

看著手短的他吃力地彎著身子把手中的撲克牌快速地混入攤開的紙牌中，像小朋友撒賴一樣企圖掩飾自己的失敗。

「什麼？你把撲克牌都弄得一團糟還跟我們說不公平！」我們學生有的在怪叫。

當我們哄堂大笑的時候，突然聽到一下巨響。

「碰！」突然全場靜了，然後又爆出了一輪比上輪更大的笑聲。很明顯，那是因為笑得喘不過氣的妳無意識地把頭再一次撞向了大櫃。我們故作檢查大櫃的「傷勢」，但其實我最想知道的，是妳的腦袋是否真的無礙。

凌晨三時多，同學們大都入睡了。有人提議到海灘看日出，我們數人便興致勃勃的摸黑出去。來到海灘，是想像不到的冷，想像不到的黑。我們在海邊開始拾起貝殼來。年輕人嘛，總是三分鐘熱度，哪會敵

得過睡魔的引誘，真的耐心去等待日出的來臨？

　　不一會兒，我們便折返了。屋內漆黑一片，其餘的人都各自去睡了，所有人都霸占了僅有的床位，就連沙發也不例外。無可奈何地，我和妳只好選擇睡在地上。

　　好不容易搶到一張薄毯子，我們就這樣一同蓋著它，靜靜入睡。靠著妳，心裡既激動，又緊張，那刻的我很想很想把妳擁入懷裡不放開，卻沒有這個勇氣。聽見妳漸重的呼吸聲，我放鬆了，沒有再胡思亂想，慢慢入睡。

　　「碰，噹噹噹噹噹……」一大清早，廚房傳來像是蓋子碰撞地板的聲響。我揉揉眼睛，環顧了四周，看見同學們依然熟睡，很明顯我是唯一的受害者……起身梳洗整理後，走到了廚房，輕輕椅著門看著忙碌的妳。

　　「噢！把妳吵醒了嗎？對不起喔！」妳不好意思地說著。

　　「不要緊，我還是準備起身的……（才怪）」看見妳在為我們張羅早餐，我還可以怪妳什麼？

用心・忘記

「都是那個鍋蓋子，拿起蓋頭，蓋身卻掉了下來，原來是壞的喔。」妳笑著解釋。

看著那個並不相連的蓋身和蓋頭，根本就是整人的道具。

「真的不要緊……對了，我可以站在這裡看妳做早點嗎？」

「當然可以！」妳笑著回答。

愚笨的我已經不曉得自己當初為什麼選擇站著看而想不起其實應該幫忙。也許是喜歡看著妳在廚房團團轉的模樣。那一刻，我覺得自己很幸福，縱然是幻想，一刻便好……

天色隨著時間愈見光亮，老師同學們都紛紛起床。上次宿營遲來的「三八」，看見老師們對妳的讚許，主動搶過廚房說要煮粥，好讓她也能沾上一點賢淑的氣息。不拘小節的妳讓出了廚房，開始幫忙清理桌子。

第三章：曖昧來得剛好

「對了！進去不要出來就好了，不然大家都沒胃口……」我小聲的念著，更有一股衝動上前把那道廚房門關上，來個耳根清靜。很壞，是嗎？（笑）

早餐準備好了，看著那所謂賢淑的女人煮成的粥，良久沒有一個人說話。怎麼搞的？根本就是罐頭粟米混白粥罷了！看著那黃色帶點濃度的糊狀物，這次我真的反胃。

「換著是我，我不會用這種方法煮。」妳在我耳邊輕輕投訴。

「那當然！我可以肯定！」回她一個眼神，我開始把那糊狀物灌進肚子裡，那一次，是我生平第一次能夠用筷子吃著粥……

早餐過後，我們到了海灘放風箏、堆沙、一起玩水、拍照。當日的情景，依然留在我家的相簿內，依然牢牢的藏在我心裡……就是這個宿營，我再不願意忽略自己真正的感覺。

用心．忘記

「再了解妳一點！」這已經不止是我的渴望，更是我所要做的行動……（待續）

第三章：曖昧來得剛好

第四章：不如我們一起吧

「回憶的畫面　在溫著鞦韆　夢開始不甜
　你說把愛漸漸　放下會走更遠
　又何必去改變　已錯過的時間」
　　　　　　　　——〈不能說的祕密〉歌詞節錄

　　我一頁一頁地寫著，像著了魔，停不下來。爲了幫助我尋回記憶，不得不把那盒早已被我收得密密的信件盒拿出來……回憶又再次浮現，讀著從前的信，發覺心已經稍爲不那麼痛，換著是從前的我，看到那些相愛的證據，我是會停不住眼淚的。這代表是好事還是壞事呢？妳會不會有天完全從我的回憶中消失？

　　　　　　　　　　寫於 2006 年 1 月墨爾本夏天

（四）

　　又行近了一點，卻保持著適當距離，經過那次宿營，縱然想了解妳多一點，膽小的我卻還是沒有行動。這種關係，就這樣維持了好一陣子。五月的時

用心・忘記

候，我因為一些事情，情緒低落，朋友們都拿我沒辦法，是妳主動給我寫信，給我安慰。

「也許突然寫信給妳，妳會覺得很奇怪。或者妳講得很對，我也幫不到妳，但是我好希望妳可以放得低。唔開心，失意人人都會有，但就要看我們能不能夠再站起來。如果可以，妳就贏了；如果不可以，妳就輸得很失敗……每個人都會有軟弱的時候，軟弱可以原諒，但不可以停留太久。希望妳可以好好去想一想，不要令我失望。我知道妳一定會很快沒事，記住有我支持妳。」

讀著妳的信，沒錯是很意外，但有更多的是感動。把它重讀一遍又一遍。信中的道理，到今天依然合用。能交上妳這個朋友，是幸運的。我想，如果我們沒有相愛過，也許我們會是一輩子的好朋友。至少，我不會失去妳的消息。

太愛的不能做情人，既矛盾又痛苦的道理。

漸漸地，我們見面不再只局限於活動的時間，我開始和妳通電話。從友人那裡得來妳的號碼，當時的我並不會知道，握在手中的一組數字，會變成我日後

第四章：不如我們一起吧

再熟悉不過的號碼。

「喂……是我，妳在忙麼？」好一句老套的開場
白。

「哦，並沒有什麼，只是在看電影罷了……」妳
回答。

「哦……」

腦海一片空白，雖然跟妳平常話很多，可是到了
這種突然的情況，都變得詞窮了。大概是太緊張，愈
是沉默，氣氛愈是尷尬，之前想定的臺詞現在通通都
跑掉了……問功課可行嗎？讀鄰班的妳，進度會否一
樣？我試探著，問妳一些白癡的數學問題

「是這個嗎？我們都教了，其實是這樣的……」
妳開始喋喋不休地說著一堆陌生的詞彙、公式。

都怪上課只懂得擾亂秩序我的沒有好好留心聽課
之過。隨便的附和著，開始重新運作的腦袋在竭力地
搜尋其他話題。大概妳都感到我心不在焉，也懶得跟
我槓下去，隨著我轉換了話題。開始天南地北的說個
不休，直至妳有事忙才掛線。掛線後的我，心情異常
高興，不為什麼，只是因為能夠和妳通電話罷了。就

用心‧忘記

算是短短的二十分鐘，就像小孩子得到了一包糖果一樣露出了笑臉，簡單直接，輕易滿足。

自此之後，我由數天給妳一通電話，變成每天一通。通話時間亦漸漸增加，時而說笑，時而說說友伴們的事情，開心的，傷心的，妳都願意跟我分享。無聊時還會手執雜誌，讀起上面的心理測驗來。就這樣，我們的關係一天比一天親密。

臨近六月考試，妳送給我一樽妳親手做的紙星星。那不是一般用長條摺成的星，而是一些用絲帶編出來的星星。有些則像一個個迷你的籃子，裡面還能夠放入噹鈴，還有些小葉片作陪襯。

「好漂亮！」握著手中五顏六色的樽子，我驚喜地說。看看盒中附著的一張小卡片，上面寫著：

「將近考試了，大家都溫習得很辛苦，很想親手弄一些東西鼓勵大家，奈何我的時間、心機都很有限，如果要我選擇送給一個人，我會選擇送給妳。希望妳喜歡，就讓我們一起努力！」

讀著這張小卡片，確實是有點慚愧。妳花心機給我親手弄這個玩意兒，鼓勵我不要怕辛苦而放棄溫習，但其實我並沒有很辛苦，因為懶惰的我沒有用心溫習是事實⋯⋯

　　都不知道自己是怎樣把考試混過去，聽著公園裡響個不停的蟬鳴聲，茂盛的大樹安守本分的站著擋住猛烈的太陽給樹底下的人乘涼；婆婆們邊搧著竹扇，邊替在旁和小朋友玩得沾滿一頭大汗的孫兒抹汗。還是穿上白背心，小短褲配拖鞋的伯伯們，跟當年一樣，都在金睛火眼地盯著棋盤下棋。

　　看見這樣一幅美麗的畫面，似是在宣布著夏季的來臨，亦是學生們渴望已久暑假的開始。這令我想起四年前的暑假，那年分班試的情境。冷漠的妳跟善解人意的妳，對比很強烈。景物依舊，人面依舊，變的只有同學們愈見團結，愈見親密的關係。四年前不認人的我錯過了妳整整三年。因為神，我們再在團契重遇，終能夠結識，成為了好朋友，了解妳的渴望，都算是做到了。

暑假總給人懶洋洋的感覺，暖和的微風傳來一陣陣海水獨有的鹹味……對！腳踏青草的我們無懼中暑的危險，再一次相約去宿營。一行五人走進渡假屋，環境比想像中惡劣。因為積水的關係，蚊子很多。我和朋友忙著拍蚊，妳和另一女生準備食物。拍不完的蚊子浪費了我們一整天的時間，黃昏時分我們一行人走到海灘玩耍，看日落。也許是雲多的關係，我們看不見那像蛋黃般的太陽，但從它那裡映過來的陽光，染紅了一片天空和海洋，隨著海浪的擺動，粼光閃閃發亮，十分之迷人。這大概就是人們常說的「Magic Hour」吧。

　　傍晚吃過飯，我們坐著玩撲克牌，大家都玩得很盡興。到了凌晨，全無睡意的我們堆在床上想當年、訴心事，促膝長談了三個多小時，各人終也敵不過睡魔，安靜入睡了……

　　我大膽地輕輕擁妳入懷，妳悄悄回頭一望，又若無其事掉頭睡了。不捨得鬆手，不捨得把妳吵醒，就這樣直到天亮。其實早已經清楚自己的心意，只是有意無意的把它忽視。現在我絕不能再扮作若無其事。手碰上了妳的一刻，很想很想就這樣不放開，我愛妳，其實我是知道的……

第四章：不如我們一起吧

經過了無心睡眠的一夜，一大早，我們又到了海邊堆沙、拍照。記得我們拍了很多很多的相。故事寫到這裡，望望依然屹立在桌子上妳我當年的合照，妳把頭靠著我的肩膀，我伸出手輕撫著妳的臉。那年的我們，笑得同樣燦爛。

　　經過了寫信、聊電話、還有那次的宿營，我們的距離又再縮短了。相約妳外出，妳會不介意牽起我的手。每一次當妳的手碰上我的，我也會像觸電般心跳加速、腦部缺氧，連被妳牽著的手也感到軟軟的，行為更是變得極不自然。妳令我愈陷愈深，究竟妳是否知道？

　　戀愛初期的我們，面對著這個情況，情感大概已控制著我們的理智。就在那一晚，我們如常傾電話⋯⋯

　　「給妳一條心理測驗吧。」聊得興起的我，隨手執起攤在床上的雜誌。
　　「如果有一對男女，晚上在海邊散步，沒有牽手。男的突然停住，轉向著女方說了一句說話令女方當場呆著，妳猜那男的說了什麼？」我一句句讀著。

用心・忘記

「妳讀來聽聽吧。」妳笑說。

「Ａ：我們還是分手吧。」
「Ｂ：我們是不可能的。」
「Ｃ：我愛的根本不是妳。」
「Ｄ：不如我們一起吧……」我小聲地讀著這一句，妳沒有回答，一下子氣氛都沉住了。腦部缺氧的感覺又再次回來，我鼓起勇氣接著說……

「不如……我們一起吧……」我重複說著，妳依然沉默。
「不如我們一起吧！」我用肯定的語氣再重複。
「有分別嗎？」沉默的妳終於開了聲。
「當然有！」我急忙吐出。哪會沒有分別？我心裡怪叫。
「嗯。」嗯是什麼意思？是默許了？

就連到了這個時刻，妳都依然能夠保持妳的冷靜，我不得不由衷佩服。像是注定的，是這本雜誌、這條心理測驗、這一個選擇，令我們開始了彼此的初戀……

第四章：不如我們一起吧

朋友們常常問我打火機背部刻著的一組數字是什麼意思？並不是我的生日，並不是什麼跟什麼，而是，那是紀念妳我走在一起的日子，紀念那年七月二十四的夜晚，我對著天空悄悄宣布妳屬於我……（待續）

用心‧忘記

第五章：怦然心動的初吻

　　雷電交加後，總會有晴天，總會有彩虹。擱筆數天，早上起來和記事簿繼續的你眼望我眼，還是寫不出。不知道原因，只是知道心裡有種害怕的感覺。怕什麼？不清楚。也許是害怕再次勾起緊接的劇情，痛苦的回憶。很想大大隻字寫著「四年之後」就混過去。然後妳有妳的生活，我繼續我的忙碌，完。再來一首〈天各一方〉，完美謝幕。

　　但是這樣，又有什麼意思？逃避，又可以解決問題嗎？若我再一次逃避，我不單止失去了妳，更失去了自己。放下筆記，走到屋外抽一口新鮮空氣。天氣太好了，風和日麗。令我重拾意志，著了火般一個勁兒回到房間打開好幾個月沒有開過的窗簾。然後不是拚了命的寫，而是拚命的做那做不完的家事。收拾房間，洗衣服，寫作令我沉醉在自己的世界，但作為一名留學窮書生，也要有回到現實的時候。

　　　　　　　　　　　　寫於 2006 年 2 月墨爾本

（五）

「仍收起曾同渡每一齣戲飛
　而這票尾　還應否捨棄……」
　　　　　　　　　　——〈思覺失調〉歌詞節錄

掛了電話，我向媽媽單單眼。

「Yes！」我興奮得叫出來，不知就裡的媽媽反
了反白眼。
「一個癲的，現在還跑來多個傻的！」媽媽說
道。

我順勢望向坐在沙發看報紙的男子，只見他把報
紙又舉高了一點。很明顯，媽媽跟叔叔又鬥氣了。大
好日子，管他的。

走回房間躺在床上望著天花板，想著今晚像是不
可思議，又切切實實地發生的所有。我在造夢嘛？眼
睛觸碰到掛在牆上的耶穌像，我刻意躲開祂，不去多
想。帶著剛剛發生的一切，我笑著入睡。就從那天
起，妳每天手執畫筆把我單調的世界一點一點地塗上

用心・忘記

顏色，使它顯得鮮豔奪目。因有著妳，我的人生充滿了色彩。

因為暑假的關係，我們的時間多了。在一起了以後的第一次約會，已不記得到了哪裡閒逛，只記得當天的心情。不習慣身分的轉變，氣氛變得很尷尬，不知道該如何走到下一步。有好幾次我偷偷的望妳，察覺到我的眼神，妳定眼回望我。那一刻，我們相視而笑，有股暖流湧進心內。妳看著我紅透的臉，笑得很奸詐。我不忿氣，鼓起勇氣拖上妳的手，妳卻把它鬆開……

「我喜歡這樣！」妳轉為繞著我的手臂，緊緊的。突然，我覺得自己很幸福，天啊！人生勝利組也不過這樣了。

同是學生的我們，消費不起高級的餐廳。逛街、吃飯、看電影，已經成為我們的指定動作。妳不曾知道，我習慣把我們每次剩餘的票尾都小心翼翼地放進相簿，再附設當天的心情、感想。有空時會細細回味一下。

回味當天與妳一起的情境。做著一般情侶會做的傻事，說著會冷死旁人的情話，單純的擁抱，牽牽手，已教我開心大半天，直至那個吻出現，才發覺那些已經再不能滿足我們。

那一天，妳來我家，我為妳張羅喝的。妳隨手翻看著我的東西，找到了一本記事簿，內裡有些當初我喜歡別人的心情。妳讀著讀著，連我進來遞上飲品也不自知。

「很久以前寫下的，妳會介意嗎？」我試探著，坐到妳身邊。

「介意妳簡體字錯很多。」

妳把簿合上笑著回答。不論遇到什麼糟透的情況，妳總是有能力不慌不忙地把它反轉過來，用妳的冷靜，以柔制剛。

「閉上眼睛。」我想起一個念頭。

用心・忘記

然後妳聽話的閉起雙眼，沒有了令人尷尬的眼神接觸，我近距離細閱妳的臉。無論以什麼角度來看，妳都是那麼吸引著我，彼此的心跳聲彷彿在賽跑。我把唇慢慢向妳的移去。像是同極相拒，僵硬的嘴唇就是不能降落在我想要的位置。每每將近成功，我的唇卻像失足似的滑開了。感覺到自己的膽小無能，熱流又再次流到我臉上。

　　「再試一次！」雖然很想親妳，但到那一刻，有更多的是因為不忿氣。「又試？妳已經試了很多次！」

　　望著妳因為忍笑而顯得有點紅的臉，我捉著妳瘋狂地騷癢。妳笑著逃離我的瘋狂，坐著電腦椅順勢滑到了門前。

　　「豈有此理！」我衝向妳，把臉貼近妳的。
　　「還想走去哪？」話未說完，妳軟軟的唇已經跟我的貼上了。那一刻我差點沒把心跳了出來。呆了一呆，享受著妳帶來的溫暖，我熱情地回應著妳的吻。
　　想不到和心愛的人接吻，可以令人如此陶醉，令人忘我。就像連續劇裡所看到的，今天我終於知道那是什麼樣的感覺。

「妳怎麼懂得這個？」我傻笑問道。

「沒有呀，妳怎樣吻我，我就怎樣吻妳罷了。」

妳向我吐吐舌頭。同樣沒有經驗，但妳卻比我主動。該要檢討一下，我心想。但從那天起，我們都學會了一種技能。雖說對找工作沒有幫助，但卻是每人一生中必須學會的一項事情。

又到那一天，妳躺在我的床上，妳用說話悄悄的帶我回到妳的過去。我在妳身旁，用左手撐著頭，凝望著妳，專心的聽妳話當年。

妳說，妳從來不相信戀愛，亦不需要，因為它不實在。妳覺得自己並不適合愛情，妳不懂談戀愛，又不會有新鮮感，更不會做些什麼來討對方歡心。

妳又說，只有讀著小說，才可以感受到愛情，才可看到它的美。看多了身邊朋友的離離合合，妳更加確定自己的思想，更令妳不敢相信真愛。把追求妳的可憐男生們都拒絕得遍體鱗傷，不想給人家希望就得決絕一點……

妳說，因為小時候的大病，令妳跟母親的關係變得親密。她花心思的照顧因生病而變得虛弱的妳，守

候在妳身旁，把一切希望都往妳身上押。妳為了好好報答她而努力讀書，想把妳最好的都給她。聽著聽著妳的故事，不難想像妳與母親的愛是何等深；了解妳的過去，讓我對妳的愛深了好幾分，對妳起了一份憐惜。

「一定要好好的寵妳，疼妳，保護妳！」我心暗道。
「妳知道我多大嗎？」妳的說話把我的神拉回來。「不知道。」

由認識妳到現在，妳絕少向人提及妳的家事，甚至搞不清楚妳的歲數。我不曾問妳，只知道妳比我們都年長一點。
「妳猜猜吧！」妳笑道。
「那……十九是嗎？」

知道跟我們同級，那個當年和妳同行的女生是妳妹妹，亦知道她已經成年，保守地加上一年。十九，我回答。

「不，二十了！」妳開估。

第五章：怦然心動的初吻

「妳會介意嗎？」妳好像有點憂慮地問。

「傻瓜，介意什麼？」

　　我望著妳，有點心痛妳的說話。深深的吻著妳，輕柔的，隨著妳的回應轉變成熱情。熱情過後，我把頭埋在妳的脖子旁，輕輕吻上妳的髮際，感覺到從妳的臉上傳來有點暖的濕潤，我不作聲，用吻吻去妳的淚，鹹鹹的，但我心裡卻暗暗傳來一陣酸。

　　「如果可以，妳會選擇妳先死，還是我？」抹去我就要掉下的眼淚，妳問我。

　　「妳說呢？」被妳看見我流淚，不好意思地笑說。

　　「如果可以，我希望妳比我先死，我不希望讓妳一個承擔失去的痛苦，我會心痛的。」妳望著我認真說著。

　　「如果可以，我會選擇一起死。又或者，我可以比妳遲死一分鐘？好讓妳剩餘的生命中無時無刻都能夠有著我，直到生命的最後一刻。」我答道。

　　看著妳破涕為笑，投訴人生哪有這樣完美。是的，人生有著高低起伏，完美的就不是人生，有缺憾

用心‧忘記

才是美。也許，妳是我的缺憾，但卻很美……

「傻瓜，我愛妳！」不輕易流露情感又害羞的妳竟然願意承認妳愛我。

那是我的第一次，第一次從妳口中聽到那渴望已久的三個字。妳信中提過，有很多時候，妳總是想對我說這三個字，奈何就是害羞得說不出口。那一刻我是多麼的意外，妳知道嗎？謝謝妳那刻愛我。

「我也是。」再　次，我擁妳入懷，擦掉妳再次流下的燙熱，開始那彷彿一世紀長的吻。

我不止要愛妳，更要捧妳在我手心呵護著，直到我再沒有這個能力，但妳願意嗎？（待續）

第五章：怦然心動的初吻

第六章：被利用的傻瓜

　　擱筆好一段時間，生活又回復忙碌。頭頂添了不少白頭髮，好幾個星期沒有好好睡一天，只有執起筆，才能在被我鋪得滿滿的時間裡，尋回一點喘息的空間。近來突然很想很想跟妳聯絡，看妳是否過得好。但每次想到妳對我冷淡的語氣，我又會打消了這個念頭。縱然每次從朋友口中知道妳的事，都是痛苦的，但這比完全失去妳的音訊來得好。至少，我們還是一同活在這個世上，一同呼吸著同樣的空氣。想到妳現在開心，幸福，我就放心。

寫於 2006 年 2 月墨爾本仲夏

（六）

「時光下寫上妳我的往昔，
　在與妳共渡的每個時刻中，
　讓我們曾經擁有過的美夢，
　化成日後最動人的回憶。」

用心・忘記

回憶，回憶起往昔。回憶起往昔當我擁著妳，在妳耳邊輕唱的歌。

「喜歡妳，我最清楚這感覺
　從前妳是妳　從前我是我
　現在縱然不清楚我最愛妳什麼
　尋覓妳　留住妳　全憑直覺……」
　　　　　　──〈一生愛你一個〉歌詞節錄

一生愛妳一個，多重的承諾。守得到，而妳又去了哪裡？若然有妳在身邊，那會是一個窩心的承諾；若然妳走遠了，那只會是一個惡毒的咀咒。

記得那一天，與妳和朋友們聚過後坐車回家。沿途妳望著窗外一層又一層建得華麗的住宅，在和我討論著日後我們要住在哪裡。這個不錯，那個也很好。和親戚們住近一點，還是遠離一點比較好？

這些我們都有說起過，妳說，我要給妳買一層怎樣怎樣的豪宅，內裡要怎樣。愈是強人所難，妳笑得愈開心。縱然知道妳只是開玩笑，但我卻緊記在心裡。希望日後能有機會給妳一個合適的安樂窩。

回到家裡，想著妳才說過的，我拿起雜誌、卡片，剪剪貼貼，湊成了一間屋給妳。現實裡暫時沒法

做到，只希望這也能夠撐著一陣子，逗妳開心。看見妳驚喜的樣子，我滿意的笑了。妳在信裡提到，妳只是隨口說說，卻沒想到我會這麼著緊記在心裡。雖然那不是真的，但已很足夠。

再一次，和朋友們辦宿營，這次是到長洲。屬於團契的朋友們並沒有知道我們的事，只因我們都掩飾得很好。

兩房一廳的渡假屋，已被我跟妳霸占了一整間。下午大家踏著單車四處闖，晚上到石灘旁邊釣釣魚，閒聊一下，深夜又出動到沙灘玩著捉迷藏的小孩遊戲。

我用手電筒往前方一揮，立刻看見妳跟朋友的身影。被發現的妳們，驚慌地四散。說真的，那時的妳們，很像街上的一堆蟑螂，看見光源要四處逃生的樣子。這令我不禁笑了起來。

察覺到站在較高的石臺上的妳有就這樣跳下來的動作，我收起了笑容，向著妳呼了一聲，妳又往另一邊逃去了。我放心地望到別處，沒想到妳還是趁我沒留意時跳了下來，更走到我耳邊說很刺激，氣了我好一陣子。

用心‧忘記

妳說，小時候的妳很頑皮，什麼都愛試。有次更從家中的二樓往下跳，而且覺得很好玩。雖然妳說下面全都是軟軟的細沙，但都教我暈了一陣子。實在搞不清楚，怎麼我會愛上一個喜歡跳樓的女生。

回到屋裡，朋友他們在外面噴西瓜，我們卻選擇留在房內看書，還記得書名好像是叫做《四百米的終點線》什麼的。書很好看，令我愛不釋手。沒有參與他們的熱鬧，只想待在屬於妳我的時光裡。洗澡過後，妳替我把頭抹乾，又給我塗上潤手霜。也許是看見我唇上乾乾的，妳從手提包裡掏出了一支潤唇膏，自顧自地往妳唇上塗去。

「要不要塗一下？」妳問我。

然後，我的自然反應就是點頭。妳把唇移近，最後妳的唇落在我的。輕柔的把它們均衡地擦在我唇上。你這套路，有點高。

「夠不夠？」妳再問我。

還未定過神，我的自然反應卻懂得搖頭。看我呆呆的樣子，妳笑了。然後再一次，用妳的唇，把它們印上我的。

經過那次，妳送了一支潤唇膏給我。冰涼的薄荷塗在我的唇上總是不及妳替我塗的那樣溫暖。

第六章：被利用的傻瓜

夜深了，雖然是盛夏，但被我們開盡空調的房間還是顯得有點冷。在我懷裡睡著的妳突然把我推開，起了身說要上廁所。臨行前還強迫我跟妳對換位置，要我睡妳睡過的地方。

　　不明所以的我只好乖乖就範，妳滿意的笑了，笨笨的我卻找不出一個所以然。當妳回來時，很自然的用腳把我撐開，一個勁兒就占領妳本來的位置。

　　「很暖！」妳奸計得逞，開心得哈哈大笑。

　　那刻我才醒覺妳的用意何在，原來我被利用來暖床也不自知。妳那鬼主意讓我又好氣，又好笑。反過去壓在妳身上，不服氣的在妳身上留下了一個又一個的烙印，感覺癢癢的妳笑著作無力的反抗，然後……

　　咦？窗外的那棵樹怎麼有一塊葉片掉了下來？隨著風，遊蕩在寂靜而又充滿熱情的夜空中……

　　第二天醒來，不願意離開被窩的我，習慣伏在妳肚子上聽著裡面因為腸胃蠕動而發出嘰哩咕嚕的聲音，妳則用手輕撫著我的頭髮。妳說我像一個小孩，一個長大了的小孩。喜歡妳每一下掃我的頭髮，有妳在身邊令我覺得很安全，很平靜。再多的煩惱都會給拋開。妳令我不再恐懼，不再衝動沒耐性，不再容易抱怨。在妳面前，我享受做回最真最自然的自己。突然很想喚妳一聲，老婆。

「嗯？」妳出奇自然的回應著我。

「沒什麼。」

第一次說出口的感覺……很尷尬，但我卻很喜歡。朋友陸續醒來，起身收拾一下，吃過早餐我們回去了。在八月的尾聲，我和妳渡過了這個難忘的一夜。

「鈴……」聽見熟悉的鐘聲，證明開學的日子又到了。在不知哪個角落裡尋回那個被丟棄很久的書包。

同一班同學，同一個老師；不同的是，我身邊多了一個妳。見回熟悉的朋友，我驚訝發現，沉醉在甜蜜中的我，竟然忘記跟我的知己們報告。這能夠證明我是多麼的「有人性」。

「我跟她在一起了。」帶著歉意，假裝在整理抽屜的我，不經意吐了一句。

「是嗎？她不像喔。」沒有太大的驚訝，范日然回答。

而林思橋、顧語沁則一臉好奇，好奇妳怎麼一個高材生會搭上了我。

在她們，也許是在所有人眼中，理智而又冷靜的妳，絕對不會做出這種事情。

第六章：被利用的傻瓜

又證明了一句話，世上原來真的是沒有什麼不可能的。緣分到了，妳會白白給它從身邊擦過嗎？

習慣每天寫給妳一封信，習慣每天收妳一封信。就算是開學了，每天在見，也不減我們寫信的興致。仍然回味輕喚妳的那一聲，很想不理旁人的目光，跟妳一起跑到教堂，在每個人的祝福下宣布妳是我一生的伴侶。

腦海裡又有鬼主意。那一晚心血來潮，把膠片和卡片左拼右拼，親手做了一張卡。這張卡上面寫著時間、日期跟內容，還附上了簽署欄。沒什麼特別，這只是我親手給妳做的結婚證書。看那時的我多幼稚？縱然知道這不能被合法承認的，但我看待它卻如同真的一樣。

「我　願意照顧　妳　一輩子，無論……」

我一遍一遍地讀著我寫上的承諾，最後在簽署欄的方格，用那緊張得抖震著的手，簽上了我的名字。大功告成，把它塞進了信封，準備明天交給妳。（待續）

用心・忘記

第七章：請簽上妳的名字

　　晨曦又悄悄出現，坐在電腦前待到天亮。或者這是自己喜歡的事情，所以來得比較有耐性。生活還是老樣子，只是昨天把來電的爸爸嗆個一臉屁，把想說很久的說話都往他身上丟。從小就沒有在父親的護蔭下成長，我一直都不知道爸爸這個角色在我生命中是應該怎麼定義的，既是有血緣，但又異常陌生。快瘋掉的我，實在需要一個聆聽者……父母始終對自己的孩子心軟，為了能夠令子女成材，用盡一切時間、心機，不求回報，只求子女能夠自力更生，沿著目標前進。

　　　　　　　　　　　　寫於 2006 年 3 月墨爾本初秋

（七）

　　徹夜難眠，一想到明天妳便會親手簽上的名字，我期待得把所有睡意都嚇跑了。看著時鐘一圈一圈地轉。

「怎會轉得那麼慢啊？」很有衝動想用手把它調快一點。

習慣了失眠的我，這晚更甚。好不容易挨到了早上，聽到妳來電的鈴聲，迷糊的我知道又是時候該起床了。望望鏡中的自己，內裡的黑眼圈竟然把我嚇了一跳。趕快拾回落跑了的眼耳口鼻，匆匆地出門。行上了黃橋，看見愈放愈大的妳，我加快了腳步。有默契的我們，已經習慣了這種上學模式。

匆忙的我們並沒有閒聊很久，我決定把計劃留到小息。一堂又一堂過去，老師說的課我並沒有很留心，偶爾有一兩句不小心溜了進左耳，但也很自然地從我的右耳再一次溜走。差不多等到了小息，但卻接到那些可惡的便條，什麼什麼老師又有事要我到教員室相討……可惡！我不甘心。小息的鐘聲一響，我走到妳的課室把信交了給妳，說不到兩句又匆匆的趕到樓下。

妳好奇地把信拆開，看見裡頭的一張卡。因為小息的時間太短暫，妳把它草草地看了一眼然後就塞回信封。不知道當時的妳是怎麼樣的心情？但我卻能夠

用心・忘記

想像妳看到它時，那甜蜜的笑容。在妳回我的信內，妳說光是那一天，妳便把它細閱了五次。就在回我信的同時，妳同樣用妳輕顫著的手在我名字旁邊簽署欄的一格，簽上妳的名字。妳說，因為緊張，所以手停不了抖震。我笑說，我們抖震，是因為我們待這份情同樣認真，同樣在乎，同樣激動。

「把這張卡好好留著，知道嗎？」我對妳說，妳滿心歡喜地點頭。

「妳當難了，妳永遠不用旨意能夠逃走。」我奸賊賊地笑。

那一刻的妳笑得竟如此迷人，因為妳已經是我認定一輩子的另一半。摟著妳，在妳唇上輕啄了一下。

「老婆。」我在妳耳邊輕喚，然後，妳把我抱得更緊。

海濱公園是香港新界大埔的一個特色，內裡有著出名的回歸塔，紀念香港回歸的那一年。沿著修剪得整齊的花圃而行，色彩繽紛的花朵盡收眼簾。慢慢的

第七章：請簽上妳的名字

走著走著，教緊張的都市人都暫時放鬆下來。在海濱長廊上緩跑的人們；踏著單車的人們；坐在涼亭內乘涼的人們；在噴水池旁邊嬉水的人們……

喜歡與三五知己踏著單車，沿著長廊衝去。快一點，能夠享受速度帶來的快感；慢一點，放眼感受大海的自然壯麗。累了，把單車停在一旁，到附近的小食攤來個小吃，或是飲料或是串燒，悠然自得。

閒來更可到博物館、昆蟲屋開開眼界，玩玩內裡的小遊戲，又或是把單車再踏遠一點，踏到海濱長廊的盡頭，那裡有一個大坪臺，足夠讓人們釣釣魚，放放風箏。那裡真的很美很美，美得每次當我身在其中，也渾然忘卻城市的喧鬧，那是在外頭找不到的一份寧靜。

好幾次，跟妳在公園慢慢的散步，看見那些上了年紀的公公婆婆們牽著手，有說有笑，我們便會互相對望，然後相視而笑。真羨慕那些能夠和另一半牽手走到最後的老人家。「執子之手，與子偕老。」多麼感動人的一句說話。有時，我們會走到遊樂場玩耍，重拾孩提的回憶。

用心．忘記

還記得有一次妳坐在那個外型像衛星，能夠轉動的平臺上。我頑皮的把它一轉再轉，沒有握緊手柄，妳飛倒在地上，像慢動作般連滾了數下。那刻我是想爆笑出來，但為保自己平安，我還是強忍著，上前扶起妳。最後我還是笑了，妳打我的那幾下，很痛。

　　接著，我們慢慢步行上回歸塔，沿途經過小吃店，妳嚷著停下來要買點吃的。在眾多的選擇中，妳指著一個大大的玻璃樽，裡面放著的是用鹽水浸著一個一個已經切好成一半的芒果肉。看見妳接過芒果時那期待的臉，令我覺得很奇怪。沿著斜斜彎彎的木橋緩緩往上行，三百六十度的風景吸引著我們，縮小了的人們很奇妙，一大片的海更令人賞心悅目，伴著涼涼的海風，很舒服。妳從袋子裡拿出那鹽水芒果開始一口一口地咬著，好奇的我也嚷著要分一口，咬了一小塊……

　　「噢！好酸呀！」我怪叫著，配合那鬼臉。

　　妳笑著跟我說在內地這些小吃多的是，妳都上癮了。我盯著那鮮黃色酸中帶鹹的芒果，那並不是我們平常吃到甜甜的那種，而是有點太酸，味道不討好，樣子更甚，但我卻好像看到它的背後，藏著很多妳小

時候的故事，很想一一去了解。到了現在，很多時經過那個小吃店，我都會跟老闆要個芒果肉，一個人走到回歸塔，看著從前的角落，嘗著芒果……

「噢！好酸！」同樣的地方，同樣的說話，身邊卻少了一個同樣的妳。

聽不見妳取笑的聲音，縱然芒果很酸，但卻永遠不會比那刻心裡的感受來得更酸。這刻的我，很想重遊舊地，再嘗嘗那芒果的酸味，看看是芒果比較酸，還是我的心比較酸。

「妳想我嗎？
　　像我現在想妳一樣，
　　輕輕的說聲問候，
　　希望妳過的好……」

那一天，妳們班上課時，老師舉行了一個拍賣會。那不是真正的拍賣，只是老師把條件都寫在黑板，教導妳們如何適當地投資，題目應有盡有。

做百萬富翁、長生不老、做傑出人物、中六合彩等等，最後還有一個是和心愛的人五年不分開。戰況

很激烈，當輪到那條「和心愛的人五年不分開」時，出現了好幾個競投者，但妳卻孤注一擲，把所有的都往那題押，順利地，妳成功了。

信中的妳形容那時很開心，但班上卻有一些多事的同學大叫我的名字，令妳好不尷尬。下課後，妳們圍著和老師閒聊，老師隨口問妳投到什麼，不待妳回答，她們便又大叫⋯⋯

「不就是五年那個嘛！」同學甲說著。

感覺到她言語間的無知，妳沉默了。妳說，因為這件事而不開心了好一陣子，心裡產生了矛盾，一方面妳感覺很激氣，因為她們這樣的說妳，另一方面妳卻感到自己的膽小，因為我們在一起那是事實，她們說也不為過。

感覺到妳內心的掙扎，我心痛起來，怕給妳壓力太大，怕有人會籍著我來令妳難堪。我不希望妳受到任何傷害，更不希望妳因為這樣離我而去。我只希望能夠跟著我牽手到永遠的人是妳，永不改變，可惜這個願望卻太難。

為了令妳心情好一點，和朋友們相約食飯的我們，經過了一間貼紙相店舖，便嚷著入去留個紀念。我們一行十人，擠滿在小小的空間內拚命地把自己的頭盡量擠進那可見的範圍，各種趣怪的表情令我們哈哈大笑。

　　經過一個夾公仔機，自問對夾公仔這檔子事有點心得，但那部新到的機器卻令我有點迷茫，因為那是用釣的，像釣魚一樣。也許是幸運之神看守著，我釣得很順利，大概每進一個五元硬幣也會有所收穫，最後只用了數十元便釣了八隻公仔。

　　大口仔、烘爐面人、小狗紙巾盒等。分了一些給女生們，妳一個人拿著四隻在手上。從沿路上那些多次回頭看妳的女生們的眼神來看，妳大概是很引人注目沒錯。看著妳滿足的笑臉，應該都把之前發生的事忘記了吧？我放下了心事，繼續跟妳有說有笑。自那次起，每當經過同類的釣公仔機，我總是會替妳釣個一兩隻逗妳開心。（待續）

用心・忘記

第八章：維港的璀璨煙火

　　墨爾本的天氣炎熱得很，昨晚凌晨吃過晚餐，開了朋友的車子和朋友出外遊車河，吹吹風。路盲的我漫無目的地開著車，單純地享受開車的感覺順道練車。超速、衝黃燈、有意圖地衝黃燈……被朋友訓示了好一陣子，兜兜轉轉直至天亮才回家睡死。下午醒來，坐了一整天寫第八章，補償我昨天的懶惰，過失。看著身邊的朋友一個一個的回港，突然，我很想念家人、朋友、還有妳……

　　　　　　　　　　　寫於 2006 年墨爾本初秋

（八）

　　天氣漸漸變涼，原本長得茂綠的植物，都紛紛換了秋裝，歡迎秋季的來臨。

　　中五的課程看似緊迫，但我們總是能夠忙裡偷閒，適當地擠出一點時間，享受中學的最後一年。前路茫茫，未來總是握不緊，看不清。

第八章：維港的璀璨煙火

在課堂上，與老師們鬥鬥嘴，開開玩笑，輕輕鬆鬆的又到了九月尾。每家每戶都傳出陣陣蓮蓉的甜味，混和著鹹蛋黃的香，那是月餅獨有的味道。望著中間被切開的月餅內那沿著切口緩緩溢出的蛋黃油，吃一口月餅，呷一口茶，是一種享受。看著這個像天上月光般圓的月餅，看著掛滿燈籠的各類商鋪，意味著一年一度的中秋節又再度來探訪。

記得小時候，總是喜歡趁著晚飯後，嚷著要公公婆婆帶我到公園賞月。說是賞月，頑皮如我的小孩又怎會真的乖乖地坐著，呆望天上的月光？

那時我總喜歡哄婆婆買我一個燈籠，哄公公買我一把會發光的玩具劍，會轉顏色的那種。然後左手拿著一個，右手握著一把，和同伴們在遊樂場你追我逐。

再長大一點呢？懂得開始帶備蠟燭，把它們固定在月餅蓋上，讓它們慢慢燃燒。看著五顏六色的蠟燭熔合成一團，有點興奮，卻又有點失落。興奮它們形態上的轉變，總能隨意流動，失落它們隨著高溫而熔化，永遠沒法變回原狀。

從每一個小孩的瞳孔裡，都能看見一堆堆在燃燒著的蠟燭的反射，目不轉睛，貪婪地⋯⋯彷彿要把那刻的畫面，深深印在腦海裡。回憶不停地播放，現在

用心 · 忘記

想起，真的很懷念那時的氣氛，情景。

人長大了，不會再像從前那樣，蹲在街邊公園玩蠟燭。時間能令人得到成熟，卻教人失去童真。身為班主席的我，趁著這個日子，籌備了一個燒烤晚會。

忙了好一陣子，安排了所有事情。本想邀請妳，畢竟那是我們第一年一起度過的中秋節。妳卻在信裡說，妳們班的活動地點與我們的不同，所以大概不能和我一起度過這個值得紀念的日子。我是有那麼一點失望，卻明白大家的難處。

「沒關係，中五這大概就是我們最後一年了，總要替他們留個回憶，下年再補償就是了。」試圖表現得輕鬆，同時亦在安慰自己。

那天轉眼就到，信中的妳千叮萬囑，要我小心不要擦損手腳，不然妳會把我的頭打扁再磋圓，磋圓再打扁。

臨行時，我撥了通電話給妳。電話中的妳，還是喋喋不休。

第八章：維港的璀璨煙火

「記著走路不要那麼大意，小心點。你要知道你有多頑皮，貪玩嘛！不准你擦損我的手！」妳似是命令般說著。

「妳的手？」重複一次，確實自己沒有錯聽。我摸不著頭緒的問道。

「是呀！是我的手沒錯。你的手是我的，你的頭是我的，你全身上下都是我的，給我看緊一點！」妳說著。

「嘩！很冷⋯⋯」我作狀打了一個冷顫給妳聽，妳卻不會猜到那刻的我，心有多暖。

活動進展得十分不錯，到了深夜時分，我被通知妳們班部分人也會過來加入我們，我期待著。果然不一會兒，遠遠的看見一班人慢慢走近，我立刻搜索妳的身影。不出所料，妳跟來了，我高興得向著妳衝過去。

「我看他們也差不多結束，於是提議他們前來一起加入你們⋯⋯我想見你！」妳在我耳邊說。

用心・忘記

很意外平日習慣沉默，在班上意見不多的妳，竟為了我而主動提出這樣的要求。我真的很感動，結果那年的中秋，我還是可以跟妳一起經歷。

　　無數的測驗、練習，令我們渾然不覺時間的過去。轉眼間又到了十二月，充滿了聖誕氣氛的一個月。相約了知己們一起度過平安夜，當然，怎會少得妳？

　　走在尖東海旁，人多得令我們舉步維艱，小販們不斷在身邊兜售。有賣螢光棒的，賣花的，賣閃燈別針的。我們買了一點螢光棒，算是應應節。但我想買給妳的，卻是一朵花。有好幾次，我都有衝動想停下來買給妳，但害羞的我卻害怕會給人取笑，白白溜失了不少機會。

　　看著手錶，差不多十二時，知道若今晚不送給妳，我會很後悔，只因為當天是妳我走在一起滿五個月的日子。

　　靈機一觸，要朋友們應付著妳，把妳們一同支開。我便和另一個朋友在街上四處「撲花」。

很多的都已賣光，又或是關門了。我不死心，走了很久，終於在另一邊，我看見很多準備收拾的小販們。那裡花很多，小販也多。我直覺地走到一個上了年紀的婆婆身邊，向她要了一朵花。看見婆婆因為有生意而笑得特別開心的樣子，我心裡有份滿足的感覺。接過了花，給過了錢，婆婆自顧自地從麻袋裡找著零錢。

　　「多謝妳，祝妳平安！」婆婆邊說邊遞給我零錢。

　　「婆婆，我都祝妳平安，還有新年快樂！」我說著，然後著她把找回的零錢收好。她笑得更開心。

　　看著那鮮紅的玫瑰，配合著數枝作陪襯的花，我覺得那比任何一朵花都更漂亮。會合妳們，把它送給妳，妳開心地笑了，但聰明的妳卻早已猜到我的鬼主意。

　　妳就似真的活在我心裡面，很多時都會被妳看透我的想法，但妳卻給予我極大的空間，只會在適當的時候提出意見，向我詳細地分析，然後給我作決定，

用心．忘記

不會讓我的自尊心受傷。妳總是那麼懂得體諒，成熟大方，溫柔體貼。這樣完美的妳竟然願意愛上一個乳臭未乾又有點不定性的小人物，我不得不相信，我，是幸運的。

那朵花，最終被妳製成了乾花，當成書籤，保留著。

和妳度過了平安夜、聖誕節，除夕又到了。我們一行人在海旁吹風、拍照、看夜景、等待倒數。路，還是那樣的擠迫。好不容易才占據到一個有利位置，我們齊齊望向夜空……。

「嘭！啪啦啪啦……」第一輪煙火在夜空發出，伴隨著的是人們驚嘆的嘩聲，喧鬧聲。一枚枚的煙火緊隨著其後，在天空中盛放，像是要把自己最燦爛的一刻展於人前，爭妍鬥麗般想吸引眾人的目光。

震耳欲聾的爆炸聲刺激著我們的聽覺。那些像雨點般的餘光，似是要灑到我們的頭上，卻又在瞬間消失了。五顏六色的煙火奪取了妳的心思，看著妳既專注而又期待的神情，很可愛。眼角不經意掃到站在不遠處，有一對看似是上了年紀的同性情侶在看煙火，

好奇的我留意著她們。她，攬著同是專注看煙火的她，輕輕在她耳邊吻了一下，她，回她一個微笑，然後，用緊緊的擁抱來回應著。為怕尷尬，我不再看下去，心裡倒是羨慕她們的勇敢，她們的熱情。我在想，當我步入中年的時候，我希望身邊的妳依然要像現在般幸福，與我一起欣賞每年這天的煙火。

「十、九、八……二、一！2003新年快樂！」街上站著的人們有默契地一同喝采。

普世歡騰，在這個新一年的開始，平時營營役役的香港人，都放鬆了心情，享受這個特別的時刻，感染一下新年濃烈的熱鬧氣氛。

「新年快樂！」我對妳說。

「新年快樂！」妳笑著回應，然後我牽起妳的手，在手背上輕吻了一下。

「傻瓜！」那刻的妳，臉上洋溢著幸福。我要的，就是妳這輩子也能夠保持著這個幸福的笑容。

用心‧忘記

送走了令人懷念的一年，我握著妳手，一同走進我們都熱切期待的新年。（待續）

第九章：可愛的迷你仙人掌

　　每個故事總有起，承，轉，合。完成了第九章，我知道，甜蜜過後，總要承受傷痛。記得當初本想把這個故事用手寫下，然後寄給妳，最後卻發現，我停了在這個「轉」的關口裡。逃避現實的寫上其他無關痛癢的生活點滴，故事最後卻不了了之。我恨我自己，恨自己不能為妳寫上一個好故事。現在的我知道又是考驗的開始。真的很想完成這個心願，然後徹底地⋯⋯

　　彷徨了好幾年，夠了，累了。我只想站起來，接受新生活。

寫於 2006 年秋意濃時

（九）

　　新年的假期總是令人期待，特別是我們年輕的一輩，能夠享受假期，吃很多好東西，瘋狂的購物之餘，當然還不少得有額外的進帳。說幾聲恭賀說話，賣賣口乖，一封封紅噹噹的利是便「袋袋平安」了。

用心・忘記

76

麻雀與桌子的碰撞聲，骰子打在碗裡的撞擊聲，小孩們你追我逐的喧鬧聲……喜氣洋洋，熱鬧非常。

「想買什麼？」舅舅對剛從廚房趕出來的婆婆說。

「嗯……我要買蝦、魚……還有雞！」婆婆想了想，然後把硬幣攤在她要買的範圍內。

「買定離手呀……開呀！雙蝦，金錢呀！」舅舅模仿著電視上那些小流氓的舉止、語氣，把氣氛推得更高。

「喂！我呢？我的呢？怎麼賠得那樣少？」婆婆指著她買的一元，呱呱大叫。

「什麼？妳輸了蝦又輸了魚，妳想怎樣？」舅舅反問。

「嘰嘰嘰嘰嘰……」婆婆奸笑。

顯然她是知道的，只是想趁亂撈一筆。望著她因笑而顯得彎彎的眼睛，時而露出嘴裡零落的牙齒，那刻的她，比誰都快樂。

　　因為父母在我小時候便離異的關係，打從手抱的時候，我便跟了公公婆婆一起住，直到小學五年級。在他們悉心照料下，我一天一天的健康成長，而且還長得有點「健壯」。開朗的他們總喜歡在我面前打鬧，公公老是故意激怒婆婆，而婆婆又總喜歡大力的掐他手臂一下，又或是用拳頭捶他。看見公公作狀痛苦的表情，配合那一聲聲的「唉喲！」場面滑稽得很。那時我很喜歡待在一旁看好戲上演，幫婆婆打氣，然後哈哈大笑。

　　嗜酒的公公飯後很多時都會胡言亂語，時而訓示我們，時而話當年。媽媽、舅舅他們當年的惡行、頑皮事，我小時候遇過的大病，也聽了不下五、六次。小時候我的脖子就好像出現一些問題，擰向左邊出現一些障礙。從手抱開始就要做物理治療，偶爾還得住院。公公說望著我的頭和小腳板插滿了針，靠在嬰兒床的欄邊哭著，他就忍不住眼淚鼻涕一起流，臨走也不能回頭只因為他會捨不得離開。不知道現在在天上

的他，是否還在繼續保護我呢？公公教會我很多人生的大道理，社會上的哲學，人際間的相處……當時，我只會覺得不耐煩，現在人大了身處社會，發覺很多事情都很難預計，總要自己動手解決，自己面對。有時望著天空，我都會想念著公公，在腦海努力搜尋當年他的說話，他的道理。

　　假期的那一天，妳到我婆婆家作客。見過婆婆好幾次的妳，每次都總是逗得婆婆很開心，還想把妳認作乾女兒。只是有我在妳們身邊呱呱叫，奮力抵抗，妳才不至於成為我的「乾阿姨」……。

　　接近家門，才發現妳的外套遺留在巴士上，我立即追回去，因為離總站不遠，只想碰碰運氣。像箭般跑在前頭，看見妳努力追上來，我又加快了腳步。像賽跑一樣，貪玩的我們笑得很高興。到了總站，我到詢問處請求幫忙，但可惜他們並沒有所發現，留下電話，我有點失望。我們徒步回家，妳看見我悶悶不樂的樣子，想哄我說話。

　　「不要緊啦，外套而已。」妳嘗試安慰我。
　　「但那件外套是妳喜歡的！」我忿忿說道。

「真的不要緊……只要有你待在我身邊就好了，其他的都不重要！」妳說。

　　「真的嗎？」我心情立刻好起來，像個小孩般，很好哄。

　　「是喔，你到哪裡，我就……到哪裡。」妳開始害羞起來，含糊地想輕輕帶過，可是我還是聽得很清楚。

　　「所以妳剛剛追上來都是因為我？」我明知故問。

　　「是呀……」妳的聲音小得不能再小……

　　那刻我是激動的。說過妳從不習慣說甜言蜜語，這刻都願意表達自己的情感，令我既驚又喜。管他是在熙來攘往的馬路旁，管他行人路上的目光，我捉著妳，把妳擁入懷，緊緊的……

　　晚飯時，婆婆不斷把菜送進妳的碗裡，說什麼多吃有益。但她不知道，那晚她弄的那碟菜，味道有點「詭異」，連一向嗜鹹的我也開始受不了。看著妳吃得有點勉強的樣子，我忍笑忍得好辛苦。

用心・忘記

「菜有益，你也應該多吃一點！」然後，妳把菜夾在我碗內，來不及閃避，我碗裡多了一大堆菜。本已經對菜沒什麼好感，加上味道那麼鹹，我有點激動，瞪著妳，剛才在街上的浪漫因子全都嚇跑了。妳用勝利的笑容望著我，想氣，又氣不下。也許，在妳面前，我注定是一個失敗者，永遠被妳牽著走。

日子一天天過去，情人節又步近。我在傷腦筋要給妳買點什麼，商店進了一間又一間，商場逛了一個又一個。本想送花，卻又害怕太誇張，於是打消這個念頭。在花鋪不經意看見一株株裝飾得別緻，可愛的迷你仙人掌。靈機一動，因為妳的名字，我決定給妳買一株。然後，又看中了一隻熊公仔。我喜歡小熊維尼，妳也漸漸開始留意它的產品。妳說，很多時在街上看到也會想起我，所以我想把它當成我的替身，日日夜夜陪著妳。

情人節那天，學校當然不會有公眾假期方便學生們慶祝。那天，還是要上課。收了很多朱古力，有些是同學送的，有些是學妹送的，但有更多都是「搶劫」回來的。塞滿一整個抽屜，一邊上課，一邊偷吃……很滋味……

把禮物分時段送給妳，妳驚訝有仙人掌的出現。是的，其實我知道我是有那麼一點無聊。那株仙人掌，最後被妳在一百小時內宣布「種植」完了。

　　妳送給我一對鴨子毛公仔，把它們拉開，肚子裡的繩索會立刻把它們拉回一起，發出震動並配合著親嘴聲，直到它們雙唇碰上為止，到尾時還會說一聲「I love you」。

　　到了現在，我還是把它們擱在床頭的當眼處，閒時拿起來，把它們拉開，讓他們又自動連上一起，縱然它們已不再發出任何聲音……

　　然後，妳又送我一串茶色水晶鏈，希望我能夠身體健康。說真的，那時我才知道不同的水晶，都代表著不同的意思。

　　晚上，同學說要帶我去見識見識。不喜歡夜生活的妳留在家中，讓我和朋友狂歡一晚。她們帶我到了一間同志酒吧，那是我人生第一次到的酒吧。我不會忘記，那裡黑漆漆的環境，周圍擺放了十多張四四方方的桌子，櫃檯在門口的右方，架上放滿了紅紅綠綠一大堆酒，喇叭播放著流行音樂，偶爾會有人出來高歌一曲。除了侍應外，其餘的人都顯得有點冷漠。我們踏上一個小平臺坐下，點了飲料，好奇的我欣賞著

用心・忘記

酒吧內的環境，發覺不時會有人回頭望向我們，像是打量著，有點不自然。管不了那麼多，我低下頭和朋友自顧自地玩起撲克牌。對著朋友們，總是提不起勁，因為心裡記掛著的，是妳。忍不住撥了通電話給妳閒聊著，忽然我問了妳一句：

「我到酒吧，妳不擔心我嗎？不怕我會作怪嗎？」我笑著問妳。

「不知道……我就是對妳有信心。」妳回答。

那刻我多想妳就在我身邊，妳知道嗎？妳給我自由，給我信心，給我體諒，教我怎能把目光從妳身上移走呢？也許就是這種原因，讓我深深地愛著妳，不能自拔。

我們沒有吵過一場架，我更沒有幻想過我的未來沒有妳。打從妳說愛我的那天起，我以為……我以為我的愛情要完美了。直到那一天，沒想到幸福背後，竟藏著太多的未知數，太多的不安，太多的隱憂……。（待續）

第十章：我不是教徒

昨晚是特別的，情緒特別的低落？和朋友傾訴了很多，喝了點酒，抱著馬桶吐了好幾次⋯⋯那刻，我什麼都不敢想，只想睡⋯⋯

寫於 2006 年 4 月天

（十）

三月，是妳的生日。陪妳看戲、逛街，一整天下來，妳沒有接到朋友的電話，教妳有點兒失望。我在旁加鹽加醋，企圖令妳更沮喪，但妳並不知道，我其實早已和他們約定，給妳一個驚喜。

晚上，妳本想隨便找個地方解決晚餐，我卻堅持要吃火鍋。慢慢步行到酒家前，妳驚訝發現朋友們都在店門前聚集，誤會他們有什麼活動。是的，寶貝。他們當晚的唯一活動，就是要和妳慶生。

用心・忘記

由兩個人變成二十人的飯聚，令妳很意外，很開心。吹過蠟燭，砸過蛋糕，玩過追逐戰，最後，我拿著一袋袋的禮物，送妳回家。

路上，妳宣布在復活節要和家人返內地一次，大概整個假期也不能見面。從未曾分開過的我們，少見一兩天也嫌太多，何況是一整個假期？那刻我有點失落。任性而又孩子氣，我竟不體諒妳，納悶了好一陣子，令妳很擔心。

假期到了，妳回去了，和朋友聚會，談心，更待了一整晚。第二天，他們本想再約妳出外，妳卻婉拒了，因為妳想待在家中，等待我那從沒有到過的電話。妳說，這幾天妳想了很多事情。妳知道我一向都很希望妳能夠把我們的關係向妳家人坦白，想天真地要他們接受。有好幾次，妳都有衝動想跟妳媽媽說出來，奈何又膽怯之後要面對的事情。這天，妳望著電話，再不願意隱瞞妳對我的愛，妳鼓氣勇氣，走近父母的房間。

「妳女兒昨天一整晚沒有回家，真過分！是不是拍拖了？」妳那重男輕女的父親說著，嘗試挑戰妳們母女關係。

一向，妳跟爸爸的關係都不太好，怪他只會疼愛

弟弟，從不緊張妳和妹妹。所以妳有點恨他，這反而令妳與母親關係更好。

「不會的！我女兒求學時期不會拍拖，我對她很有信心！」媽媽護著妳說。

挾著剛剛那股衝動，本想坦白的妳突然停下了腳步。媽媽的說話令妳有很大震撼，再想表達的話都被妳硬生生吞回肚子裡。悄悄的走回房間，眼淚停不住地流出來。信中的妳形容，當時妳很亂，很矛盾，不知所措。

她是妳最疼惜的母親，當年妳生重病時，是她把妳悉心照料，把精神、心機都無私地貢獻給妳，好好地教育妳，把希望寄託在妳身上，只想有哪一天妳能夠出人頭地……而我，是妳心愛著的人，妳享受我們的幸福、甜蜜。妳了解到我是多麼渴望能夠擁有妳，同樣地，妳亦希望妳的將來，會有我一同參與。

聽到那段對話，妳恨透了自己，感覺一股無形的壓力迫得妳喘不過氣。打消了坦白的念頭，妳逃避著內心真正的想法……

我把信讀了一遍又一遍。心，是痛的。媽媽對妳的恩情，我對妳的深情，令妳進退兩難。妳們家極度傳統的觀念永遠無法改變，妳是知道的。雖然信中的妳把這件事輕輕帶過，但那背後的意思，我明白並不那樣簡單……

　　抱著妳的信，我躲在床上悄悄落淚，害怕失去妳，我是真的害怕。第一次感到你真的會離開，而我卻無能為力。妳的理智，冷靜與成熟，並不會被妳認為虛幻的愛情所蓋過。在妳母親面前，我將注定輸得一敗塗地。

　　往後幾天，我很努力的故作輕鬆，試圖掩飾我內心的不安。只是當我獨處時，我便會想著我們的事情，眼淚又會不爭氣地逃出來。終於，被我敏感的媽媽察覺到，把我叫到廳中間，看著她嚴肅的樣子，我心知不妙……

　　「妳不是真的喜歡女生吧？」她重重地拋出一句。
　　「是的，我一向都是。」硬著頭皮，我說著。其實她是知道的，從她一向開放的態度，我以為要過她

那一關不是太難。

「妳該知道自己是天主教吧！生出來妳便已經受洗，妳要記著！」她聲音開始變得強硬。

「是又怎樣？我是改變不了的！」我重申一次我的意願，氣氛頓時變得僵硬。

「那是宗教所不容許的！終有一天，妳要走回正路！」她試圖要我接受現實。

「妳又怎樣？教會容許妳抽菸嗎？妳跟我說宗教？聖堂妳回過多少次？」我反駁著，憤怒已經蓋過了我的理智。

「妳出生就注定是教徒！無論怎樣，喜歡同性是神所不悅的，妳就是不可以！」聽到我的反駁，媽媽情緒開始變得激動。

「那怎麼妳一些朋友又有男同志，女同志？為何妳能夠接受他們，就是不能夠接受我？還有，妳有問過我願意領洗嗎？」我像是括出去，準備隨時被她來一記耳光，或是一場打罵。

「妳是我的女兒，怎可以和他們比？」她走近我，開始按捺不住。

「她是我唯一喜歡的人，我就是愛她！」我肯定地說著，無畏，無懼。

用心・忘記

「妳要記著，妳不喜歡男生，也別想喜歡女生！妳要孤獨終老！」媽媽向我咆哮，一個勁兒走回房間，「嘭」一聲，重重地關上門。

我呆坐在沙發上，思索著她最後的一句，我明白她的意思，既然愛不了男生，也別妄想能夠和女生在一起，只有孤獨終老，才不至於違反宗教的原則。我很氣憤，氣憤為何身邊最親的媽媽，竟然為了什麼宗教原則而忍心自己的孩子孤獨終老？那一刻，我感到媽媽……很陌生。（待續）

第十一章：躲不過的起承轉合

安然無恙的回到家，睡了一覺好的。躺在床上，整頓著我的回憶，不停地寫，結果墨水也給我徹底用光。書讀了那麼多年，從未試過很完整地用光了一整枝筆的墨水，因為通常它們不是遺失了，就是被我摔得斷墨了……為著這個故事，我竟然創了先例，很明顯，寫這個故事，我是比讀書更勤力……

寫於 2006 年 4 月深秋

（十一）

心情很紊亂，情緒很低落，不知坐了多久，我輕步走近媽媽的房間，只想確定她安然無恙。

房內是寂靜的。我很擔心，卻鼓不起勇氣再面對她。給她靜一靜，是我最後的決定。換過衣服，拿起鑰匙，我出門了。這個時候，我什麼人都不想接觸，更不想說話。一個人在街上走著走著，我來到了海濱公園，一個充滿我倆回憶的地方。

用心·忘記

人，比從前的少。疏落的行人令道路都漸漸失落起來，每人臉上都顯得有點冷漠，找不著從前的熱鬧，找不到從前的寫意。

徒步走上回歸塔，縱然算是天朗氣清，但在我看來，雲不是白色，而是灰灰的；噴水池噴出的，不是水，而是眼淚；風，沒有再熱情地包圍著我，但從我指尖感覺到的，卻是它們變得有點溫柔的安慰。

我愛海，更愛天空。身處於大自然當中，仰望欣賞高不可攀的天空，低首感覺深不可測的大海，我感覺到自己的渺小，小得像空氣裡的一粒塵埃。對著這兩個做物者的傑作，我不由得肅嚴起來。

二〇〇三年的四月天，是會考的前夕，是「沙士」發難的一個時期。中五課程完了之後，我又走到了從小到大的避難所，外婆家。也許小時候習慣了，慈雲山的每一草，每一木，都給我一種熟悉的感覺。相比起新界，我更愛住在婆婆家，也許沒有媽媽的囉嗦是主要原因。

四月一日，哥哥張國榮跟我們開了一個很大的玩笑，我亦差點親手在我生命中留下一個遺憾。

第十一章：躲不過的起承轉合

不聽媽媽的勸勉，在沙士橫行期間，我竟應朋友的邀請去 KTV。

　　不知道媽媽替我擔心、憂慮，妳不在我身邊，我只好吃喝玩樂，試圖令時間走快一點。

　　第二天，從婆婆口中得知，昨晚媽媽身體有事，進了急症室做手術。現在剛回到家。我很意外，亦很著急，即日便趕回了家。踏進家門，我看見媽媽靠著沙發，目無表情地望著電視，看見媽媽憔悴的樣子，我很心痛……慢慢走近她，「啪」的一聲，我跪在媽媽前，膽怯地拉開她的衣服，檢查她的傷勢。在媽媽肚子上那三個小洞般的疤痕，很刺眼。我哭了出來，不停反問自己，媽媽出事了進了醫院，在替自己的生命搏鬥時，她心愛的女兒在哪裡？她竟和朋友在耍樂！我哭了，說不出一句話。良久，媽媽終於開口了……

　　「妳知道嗎？我進了醫院，因為沙士的原因，我被即時隔離了。我的胃很痛很痛，痛得站不起來，被送了進急症。醫生說我生了些小瘤，出血了。他還說若我再遲一點點，也許會有很大的麻煩。當我被他們推進去時，我以為永遠都見不了妳。」媽媽有氣無力

地說。

「對不起……」除了這三個字，我實在無話可說。因為無論我再說什麼，也不能彌補我差點犯下的過錯，差點寫下的遺憾。我感謝主給我多一次機會陪伴媽媽，不然我會恨透我自己。望著那一道道的疤痕，似是在提醒我有多不孝。只差一點點，我便替我自己製造了一個黑色幽默。

從那天起，我和媽媽變得更親密，更像朋友，我亦比從前更愛她。回想媽媽的說話，我不再怨恨。有誰父母願意看見自己的孩子走進別人眼中的死胡同裡？他們憤怒，他們激動，他們心痛，都只因為他們在乎我們，在乎我們日後的將來，日後的路。他們想我們的路是平坦的，是寬闊的，是光明的，而不是崎嶇的，狹窄的，朦朧的。她的心痛，我又怎會不明白？她心痛，心痛我們日後的路會很艱苦，我心痛，心痛不能改變自己來迎合別人，令她心痛。漸漸的，她再沒有追問我們的事情，而為了令她更安心，我把妳的電話號碼給了媽媽，要她知道，她的女兒是清醒的，理智的，光明正大的，而她亦開始接受了。

四月八日，哥哥出殯的日子，亦是我的生日。那天約了妳和知己們出來吃飯唱 KTV。會合途中我卻感到極度不舒服，頭有點暈，腳步浮浮的。因想見妳，我撐到過來。入到房中，我便倒在妳大腿上睡著了。隔了差不多一世紀，頭重重的我漸漸醒來，隱約聽到語沁、日然她們說要上洗手間，房內剩下我倆和思橋三個人沉默的。思橋看著我們這樣子，很尷尬……

「等我呀！我又去！」思橋追了出去。

看見這一幕，我哈哈大笑。妳低下頭，望著還睡在妳大腿的我，笑說我都把思橋嚇走了，其實完全狀況外的我剛醒來什麼也沒做，只是呆呆的望著思橋罷了……

簡單的許過願，吹過蠟燭，身體不適的我便先回家去。妳說，過了我的生日，妳便可以專心地溫習，準備會考。其實我知道，一向成績優異的妳，這年因為我，退步了不少，妳身邊的朋友亦開始為妳著急起來……

用心・忘記

戴上口罩，我步入考場。沙士令全民陷入恐慌，新增的個案，死亡數字每天在更新。妳亦因為壓力而變得有點沉默，天真的我卻察覺不出一點異樣，還是孩子氣地經常吵鬧，嚷著要妳陪，一點也不懂得體諒，一點也不成熟。也許，愈是捉不緊，我便愈想捉緊，來肯定自己。

　　這生也不會忘記那一天，五月二十六日。妳完成了妳最後一科的考試，本想和我一同慶祝放鬆一下。來到我姨家，在盤算著當晚的活動，不記得為了什麼小事，我竟開始發妳脾氣。妳坐在沙發上，撓著手望著地下，沉默著。顯然對我的說話很不耐煩，我卻站在妳面前滔滔不絕吵著。妳目無表情的樣子，令我更為氣結。我衝口而出說了一句令我一生後悔的說話……

　　「那分手吧！」看著妳沉默的樣子，其實我只想引起妳的注意，對我的說話有反應。
　　「是真的嗎？」妳冷冷拋下一句。

第十一章：躲不過的起承轉合

瞬間，時間靜止著，聽不見任何聲音，流動著的空氣也彷彿停住了，等待我的回答。我忘記了呼吸；心，開始卜通卜通地亂跳。我害怕失去妳，卻總是嘴硬，不服輸。時間一秒一秒地過去，腦海一片空白，說不上一句話，終於，我放棄了面子，宣布投降，只因我怕……

　　「那分手吧！」妳吐出了一句。

　　天意弄人，就在我想開口道歉的同時，妳卻在我開口前搶先送出這一句。只差不夠一秒的時間，那麼一點點，我便可以阻止事情發展下去……但卻事與願違。

　　「對不起，不是這樣的！」我急著想哄回妳。
　　「妳這個嘴硬又要面子的傢伙！」妳說著，卻還是那樣的冷。
　　「對不起。」又是這一句！面對著什麼的場面，我懂得說的除了對不起，還是對不起。
　　「沒用的，其實我已經想了很久……」妳終於說出心底話。

用心‧忘記

我無言，妳的那一句，確實震撼著我，聽到這句說話，我頭發麻了，心裡更著急，什麼也不會想……呆站在那裡。

　　「遲一下我會告訴妳，妳做錯了什麼。」來不及反應，妳自顧自接著說。什麼告訴我做錯什麼？那刻，我有小學生等待老師發成績表的感覺，有點憤怒。（待續）

第十二章：背後的避風塘

接觸到這些內容，我就會想睡覺……也許又是心理的問題，不想再回憶這些回憶，但今天，我睡得很充足，口水也流乾了。沒有籍口再逃避，我執起筆，寫了一整個下午，晚上輸入了一整晚。從未試過做一樣事情是那麼堅持，肩膊很痠很痠，但什麼也值得，因為寫下它，能夠幫助自己慢慢放低之餘，還得到妳們的支持，認識了妳們。為了什麼都好，我願意寫下去……

寫於 2006 年 5 月秋末

（十二）

「若妳願意回頭，妳會看見，我就在這裡等候。」

不敢相信這突如其來的沖擊，看著妳強硬的態度，我妥協了。天真的以為，那只是妳的一時之氣，過了，就好。

用心・忘記

妳說妳要走了，知道妳一向都很固執，愈是想留住妳，你便會走得愈遠。我無奈點頭送妳出門，只希望時間能幫上一點忙。

　　回到家，我等待時間的過去，回想剛剛的情景，回想妳還在我懷裡的片刻，我流淚了。若今天不見妳，那有多好；若我沒有撒賴，那有多好；若我比妳先說出口，那有多好。只是，一切都發生了，不能重來。唯一希望的，就是妳能原諒我，回到我身邊，愛我就像從前一樣，然後，我學懂更加珍惜妳，替這場小風波寫上句號。我輕估了妳的固執，妳的灑脫，妳的冷漠⋯⋯我不知道，這場風波，原是惡夢的序幕。

　　算著時間，我打了通電話給妳⋯⋯

　　「喂，妳怎麼樣？回到家了？」我故作輕鬆。
　　「嗯，回到不久。」妳說。
　　「剛剛對不起，原諒我好嗎？」我試探著問。

　　「沒用的，妳知不知道剛剛我離開時，是沒有淚的？我以為自己會哭，可惜並沒有！」妳說得有點激動。

第十二章：背後的避風塘

「是這樣嗎……」我開始無言。隨便找個籍口，想掛線。

放下電話，我呆了。心被石頭壓著般，重重的，喘不過氣。不是的！我告訴自己，妳不會這樣無情的，妳不會忍心看著我難過，因為妳愛我，不是嗎？我可以做的，就是要再次感動妳，令妳重新接受我。我從來不相信，亦不願相信，我們就是這樣結束了，為著一些連我自己也想不起的無聊事。

「妳一定會回來的！」縱然心裡藏著太多的不安，我只好這樣安慰自己，見步行步。那晚，我沒有給妳電話，也許我們需要的，只是一點冷靜空間。第二天，我如常地給妳電話，如常地對話，雖然語氣有點冷淡，但我卻不敢多求。

「回來好嗎？」那天，我又再把對話拉到我們的關係上。
「不要。」妳說得簡潔。
「為什麼？我知道錯了……」我哀求著。
「算了吧。我們沒有可能的，我以後都不會再跟妳一起的。」妳再一次拒絕。

用心‧忘記

這個話題每天在重複，妳每一句斷然的拒絕，都似是在我心裡狠狠地割下一刀。我卻每天忍著痛，期望有一天，妳會給我奇蹟。

　　那時的我們，身分轉變了，但關係依然親密，妳還是會來探望我，和我逛街，看電影。做著情侶間一般會做的事，卻沒有情侶間應有的親密行為。我不知道該怎樣形容我們當時的關係，現在想起，我卻認為那半年是妳給我這個失意者的施捨，一個治療失戀的過渡期。但我卻希望妳還是愛著我的，從妳的行動，妳令我深信只是因為某些原因，妳不想和我一起，我心裡好像有兩把聲音在抗衡……

　　「積極一點！迫她說出真話，給妳一個答案，一個交代吧！」聲音在說話。
　　「放鬆一點，維持著這個關係，慢慢來，終有一天她會感動的！」另一把聲音再說。

　　很亂，真的很亂。一方面我不想繼續這種似是而非的關係，想問個明白，另一方面，我卻害怕坦白之後，我們會就這樣完完全全地結束，我不想這樣！

不明白妳內心的真正想法，究竟因為什麼？這個問題每天纏擾著我，卻沒有答案。每次妳也好像給我希望，卻又會把我的意志打沉。看著妳給我的電郵，我哭了。妳說，我從來不曾認真了解妳，了解的，也許一成也沒有。妳不喜歡太多的驚喜，而我卻又不停地想給妳製造驚喜。在我身上，妳找不到安全感，看不見將來。讀著妳的句子，腦海浮現很多往日的記憶。我在想，也許妳追求的，只是身邊有個人，在適當的時間保護妳，成熟的給妳意見，而不是太多的激情。妳還說，我們之間存在著一道牆，妳形容這道牆，我們看不見，摸不到，只能敲得響……

　　一直自以為我們是幸福的一對，以為我們存在希望，以為能夠擁有未來。但也許這只是我天真的想法。妳的心意，我一點也不了解。突然發覺，我離妳太遠了。我是那樣的幼稚，天真又不懂計劃未來，試問這樣的我，怎麼能給妳安全感，讓妳安心地把妳的一生付託給我？我把我所有的愛都傾注在妳身上，當妳要走的一剎那，我沒想到，原來這世上竟會有這種事……可笑……我笑我自己……太可笑。

用心‧忘記

從那時開始，我害怕接到妳的電郵，害怕在網上看見妳，害怕看到妳給我的一切。也許這叫做逃避，我逃避著我們的關係，只想能多愛一天就一天。因我不願接受現實，我亦要求妳不要再給我任何電郵，因為望著那一封封寫上妳名字而又未讀的電郵，我快瘋了，只因我知道，裡面藏著的，不再是以往的甜蜜句子……

那天，等待放榜的日子，我又躲在姨姨家繼續過我頹廢的生活。因為工作的關係，姨姨早出晚歸，疼惜我的她，給我配了條鑰匙，除了附近的外婆家，那是我另一個天堂，一個能讓我放鬆的空間。

漫無目的地按著遙控器，電視播著的是劉德華的一套陳年舊片。

「今天終於不再等，今天終於不再問，我厭了紅著淚眼做罪人……」是劉德華的〈緣盡〉。

看著螢光幕上顯示出的歌詞，我眼今次真的紅了。

第十二章：背後的避風塘

對這首歌的感覺很深，想去放棄，但又不甘心，不敢被妳知道其實我很累，很痛苦。好想就這樣不理妳，但我又期待著某一天，妳會回心轉意，我要隨時準備好自己來迎接妳回來，不能輕言放棄！後來，我把那段歌詞放了上當年還在流行的聊天軟件 ICQ 的個人資料檔上，我只是在賭……賭妳還愛我。

「終於今天不再等　終於今天不再問
　我厭了紅著淚眼做罪人
　無論是愛與被愛　也是寸步難行
　風急雨勁　那可守得穩癡心
　誰能盡棄世上一切　去做快樂情人
　只好接受　這叫沒緣分」

那一晚，妳看見了。妳打了通電話給我，哭著在鬧情緒。妳問我那是什麼意思，我推說那只是我覺得很好聽，才放上去。

是的，那首歌，的確很好聽，我躲在房間，聽著妳哭，我很心痛，卻又有點高興，妳是在乎我嗎？

那刻，我對妳作了一個我一生也會遵守的承諾……

用心・忘記

「傻瓜，不要哭，我答應妳，無論日後怎樣，我也會永遠做妳背後的避風塘。」我說著，竟然都哭了起來。

妳哽咽著，說不出一句話，但聽到我這個承諾，妳哭得更厲害。

寶貝，是真的。這個承諾是真的，我不曾忘記。就算直到我寫上這個故事之後，我也不會忘記，只想有一天，我能為妳兌現。

第二天，妳再度來訪。兩個人困在一間房子裡，話題又離不開我倆間的事。妳坐在椅子上，望著我。我坐在沙發上，把身體靠向妳，一輪的對話，令妳再次沉默。

「我知道妳有很多夢想，很多事情想去嘗試，想去做。我不介意，若果妳想跟男生試著談戀愛，妳去吧！只要妳累的時候，還會想起我，還懂得回來我身邊，就好了。」

「我是妳永遠的避風塘，妳忘記了嗎？」我說，然而，妳沉默著。

當一個人太愛著另一個人時，什麼都會妥協，就算要放棄自己，放棄尊嚴也願意。只希望能夠在對方心裡留一席位，但願不被對方踢出候選名單……妳知道要我說出那些話是多難受嗎？有誰願意把自己深愛的，讓別人去熱吻？但妳的心意，我卻明白。妳不會甘心被困著，沒有闖過，妳不會知道妳究竟愛我是深，是淺。我讓妳離開，是為了要讓妳回來。最後，我說我會等妳，要求妳給我最後一個擁抱。

　　妳站起來，我緊緊的抱著妳，身體抖震著。也許妳感覺到，妳把我抱得更緊。我伏在妳身上哭泣。突然感覺到有些重量滴在我肩膊上，一滴、兩滴、三滴……我知道那是妳的淚！在我哭著的同時，妳亦悄悄流著妳的淚，來送別我們最後一個擁抱。

　　那刻，我沒有作聲。口口聲聲說不再愛我的妳，我知道……其實並不然。

　　那數滴淚，重重的壓在我肩膊上，再流落到我的心房，壓得我不再懂得離開，決定耐心的……等待著妳……（待續）

用心・忘記

第十三章：公公最後獻給聖母的小黃花

　　來到寫公公的這篇故事，感觸良多。外公外婆從小把我照顧拉扯大，他教我的道理一生受用，他煮的飯菜無比香口，養得我肥肥白白，他是我的英雄。直到意外前的一刻，他都在堅持要把小黃花獻給聖母，把自己的一生奉獻給天主教，我深信他現在在天家是幸福的，是快樂的。

　　公公，願我們某天能夠再相遇，一起再玩撲克牌，一起再喝你那刺喉的燒白酒，吃你親手切的魷魚刺身片加燒烤味薯片。外婆身體壯健，笑聲開朗，就是有點記性不好，行動也不便，請你放心，我們一家人會努力照顧好她。老頭子，祝你那邊一切安好。

　　　　　　　　　　　寫於 2020 年香港的 10 月某天

（十三）

　　氣溫每天在攀升，這一年，我又聽到蟬鳴聲，又看見公園的伯伯們穿著背心，踢著人字拖在下棋。

但我卻聽不見當日我們在宿營的吵鬧聲，更聽不見在盛夏的夜裡，在話筒傳出，令人涼快的甜蜜私語。

　　我們一起去做暑期工，在短短的日子裡，結果花的竟比賺的多。轉眼間，又到了放榜。接過成績單，結果是意料的低。但我更著緊的，是妳的成績，妳的表情有點失望，顯然那是比想像中差。望著妳憂慮的樣子，很想上前去安慰妳，但也許，那時我是最不應該在妳面前出現的一個。

　　拿著妳的成績單，我陪妳報學校。最終，妳選擇了一個海外的遙距課程。

　　「我想出國了。」其實從中三開始，已經有這個想法，只是推了一年又一年。
　　「為何不再考多次？」媽媽建議。
　　「不了，再考多次也作用不大，況且，要重拾那些課本，很困難的！」我已經不想再接觸那些充滿中學時代回憶的書本。

用心・忘記

「才數個月，什麼很困難？那麼快便把它們給回老師？」媽媽囉嗦著。

　　「妳知道妳女兒做人一向有借有還的。」我駁咀，起身想回房。

　　「遲些還不行嗎？」媽媽在我背後大喝。

　　「不行呀！」關上房，我撲上床，倒頭便睡，想去逃避。

　　終於……我還是按著命令，自己一個走到香港考試局，辦理自修重考手續。漸漸的，我搬回到婆婆處寄居，好一陣子沒有踏足我的家。

　　說是自修，其實只是給自己一個藉口去頹廢吧。天亮了才睡覺，入夜才看電視，順道溫習。生活徹底地顛倒，而妳亦開始投入學校的新生活。妳沒有再主動找我，只是，我還是會厚著臉皮不時打給妳，忍受著妳冷淡的語氣，只想聽聽妳的聲音，讓妳知道，我還是在乎妳……

　　「婆婆，她不理我了……」在廚房，我攬著婆婆撒嬌。從來婆婆都明白我們的關係，只是她疼我，選擇接受，順其自然。

「不會的，她那麼好人，也許只是想試探妳，給妳考驗呢！」婆婆鬼馬地說。

是考驗嗎？我不知道，但我卻希望那是真的。不時在幻想，幻想這些日子，只是妳有著難言之隱，是妳給我的一個考驗，一個測試。我期待著有那一天，妳會回來告訴我，這一切都是假的，其實妳愛我……然後，妳會感動，妳會後悔，再度來到我身邊，擁著我……從此以後，沒有東西能夠阻隔我們，我們不再分開，快快樂樂地一起生活下去。曾經我是這樣天真地希望過。所以我看緊我自己的一言一行，守著對妳的愛，對妳的承諾，沒有接觸外間的引誘，沒有對其他女生動過念頭，用心地……守著，守著。

那年的聖誕節，我還是約妳一起度過。相約了知己們，我們到過嘉年華、玩攤位、砸公仔……收穫很豐富，亦影了很多相。

妳還送了一條親手編的電話繩給我，上面印上我的名字和一些圖案。我知道妳這樣做是因為我說過我很渴望擁有一條是妳親手編電話繩。而妳亦為我的朋友們各自做了一條，令她們很意外，很開心。也許別

用心・忘記

人看在眼裡，會認為我們是幸福的一對，但可惜他們都被騙了，其實那時，我們什麼都不是，亦不再是。

一月中，家裡發生了突變，經常一個人四處走的公公，在路上跌到了。

腦部缺氧好幾分鐘，躺在醫院，不省人事。我們趕到去，只見他不停地抽搐，沒有一點知覺。真想不到，昨天才和我一起吃飯，有說有笑的他，在二十四小時內，已經要躺在這裡，而且不留下一點說話。我們從他的褲袋裡，發現了一些小黃花，令我想起他的一些小習慣。

年紀漸老的公公，近年變得沉默寡言，不再是從前那個脾氣剛烈的男人，而是每星期都定時到聖堂望彌撒的老伯伯。他還習慣不時採摘一些漂亮的小黃花來獻給那放在他床頭的聖母像，閒時用布給祂抹抹塵，安靜地凝視著，好像和祂在對話……

二月的中旬，醫院裡的他，病房轉了好幾次，還是沒有起色，而且情況還一天比一天差。

看著床上的公公，不能看，不能說，不能動……身體也消瘦得只剩下一排骨，長期壓著的肌肉都已經漸漸萎縮。就在那天彌留期間，他的靈魂帶著六名子女的祝福，慢慢離開他住了幾十年的身軀，不斷向上

第十三章：公公最後獻給聖母的小黃花

升，升回天家去。我很確定，公公，會是升天的。因為他的虔誠已經蓋過了他的原罪，蓋過了他昔日的過錯。我們不會忘記，在他昏迷前的一剎那，他都是記掛著站在他床頭前的聖母像，堅持要摘些小黃花……獻給祂。

「他會升天的！」媽媽安慰哭成淚人的婆婆。畢竟，伴在身邊數十年。我們年輕的，對愛情都那樣地執著，那樣地放不開，終日哭哭啼啼，何況是她老人家失去一個陪她經歷了數十年風風雨雨的老伴呢？

我很遺憾，遺憾他走前沒有好好跟他聊過一次天。長大了搬回媽媽家，我們的關係便生疏了。看他經常鬱鬱不歡的樣子，我漸漸害怕跟他說話。曾經，當我一個人對著醫院裡的公公時，我有過一個很傻的想法……

「公公，是我，我來探你的。告訴你一件事，我不喜歡男生的，我喜歡女生。很意外是吧？激氣嗎？快醒來罵我吧！」我一口氣把我們的經歷，故事簡略地說了出來。有點害怕，不確定他會否聽到，卻又傻傻的想刺激他。也許我的話題不夠吸引，公公依然沒

有反應。

「來啦，給我一點反應好嗎？」我開始鬧著，他還是一動不動。

「我告訴你那麼多，你回也不回一句？都不給我面子的！再不起來，你信不信我把你的喉拔掉？」當然，受了刺激的不是我，我只希望有一點奇蹟，可惜他還是老樣子。

「我走啦，老鬼！」我學著媽媽的叫法，試圖讓自己輕鬆去面對，蓋過心裡的一陣酸。現在回想，那方法的確很傻……（待續）

第十三章：公公最後獻給聖母的小黃花

第十四章：最後的擦身而過

　　實在要感激友人們爲著我一句說話，而開車到老遠吃一餐韓燒，令我大爲感動。爲什麼有這個主意？只因爲我跟妳的故事，來到了這裡……爲著尋回當日的回憶，當日的氣味，我傻傻的竟做著這樣無聊的事。亦要感激妳們，每次當我對著電腦，累到流眼淚時，看到妳們網上的留言、回應，我便會清醒一點。陌生人如我，妳們都願意出言鼓勵，我有藉口不用心繼續嗎？

　　鐵板溫度在上升，散發出一股熱，流動於空氣間……眼前的景物都因爲這股熱而微微晃動著。散出的團團煙，把我帶到那年，妳生日的一天……

寫於 2006 年 6 月墨爾本的初冬

（十四）

　　牆上的日曆，隨著時間，一天一天地變薄。又到了三月，一個令人情緒複雜的月分，因為妳的生日正漸漸步近。

用心・忘記

從很久以前，腦海裡已經構思了許多東西，浮現了很多幅圖畫，在計劃著該怎樣跟妳過生日。自從家裡有事，我便抽了更多的時間陪婆婆，跟妳聯絡變少了。但在妳生日的前幾天，我再一次，鼓起勇氣，厚著臉皮撥了通電話給妳，相約妳一起慶祝生日，而妳，竟然答應了⋯⋯

　　「寫什麼才好呢？」我手握著筆，望著紙，在猶豫著蛋糕上的下款該安上什麼樣的名字。

　　「愛妳的囉⋯⋯不然就這樣一個『我』字吧！」日然提議著。

　　說實話，我已經想不到能夠用什麼身分去跟妳對下去，又或者，我是否甘心用那個身分？站在蛋糕店整整半小時，就是在思考著下款。職員們頭上都充滿了問號，我實在不曉得，怎樣才能合妳意。

　　那刻，我想起了妳的一個網誌，妳說，人一生中總有一個快樂天使跟隨著，往往在適當的時間助上一把，默默的守護著，管它天昏地暗，直到世界末日。我很渴望，渴望能夠做妳的快樂天使，一生都能夠守護著妳，所以我決定，用它作下款，期待著妳驚訝的

表情。

看見牆上掛著黃、藍、紅的小木鼓，看著那些代表韓國民族的水彩畫，我們來到了韓國餐廳。跟三五知己和妳慶祝，一整晚下來，我不時照顧妳，替妳燒這燒那，而妳亦會替我添食物，好不溫馨。我很喜歡那種感覺，是一種只屬於妳我的親密。一輪輪的菜式把我們的肚子填得滿滿的，然後送上的是我給妳的蛋糕，妳望著它，呆了一呆，但可惜臉孔卻依然沉默，依然冷靜，教我不只失望，還顯得有點不知所措……

「Happy birthday to you..., happy birthday to you!」唱過生日歌，妳滿臉笑容的把蠟燭吹熄。

「啜」的一聲，我在妳弄熄蠟燭的同時，快速地偷親了妳一下。妳邊用手抹，邊抱怨著，但那個笑容，卻是甜甜的。拍過合照，笑聲過後，我再次拿起妳的禮物，像往年一樣，送妳回家。記得那個時候，我們是沉默的，因為知道妳要離開一陣子，但那種沉默，夾帶著無限個不捨，是戀人間獨享的甜蜜；而這年的沉默，卻是酸酸的，是尷尬的，是令人窒息的……那刻，我只想逃離現場。

用心．忘記

在大廈門外，我目送妳按電梯，等電梯，入電梯……但由始至終，我卻得不到一個妳回頭，微笑說再見的動作。回想當天的一切，是悲，是喜……我已分不清。

沒多久日子，我的生日又到了，婉拒了朋友的邀約，我獨自留在家中，睡個天昏地暗。起來，吃個速食麵，又掉回自己的天地裡。什麼人都不想見，哪裡都不想去，只因沒有妳……

手機響起，是妳的來電。

「喂……生日快樂。」聽到妳平靜的聲音，不帶一點情緒……

「多謝。」我笑著回應，但那卻是強裝出來。然後，腦海空空的，沉默了數秒，不知道可以再說什麼。

「那就這樣吧，再見。」妳說著，像宣判了我死刑。掛線後，我抖著大氣，是激動的。我知道，以後要再聽妳的聲音，再非易事。

第十四章：最後的擦身而過

等到了考試那一天，我相約了朋友，獨自在路上走著，重遇妳家沿途附近熟悉的景象，我想起了妳。景物依舊，人面呢？唉……我暗自嘆氣……突然看到眼前那個身影，漸行漸近。那是一條單程路，我們都知道，下一刻，我們將會彼此碰上。我放慢了腳步，極力思索著我該有的反應。上前打個招呼，寒暄兩句？還是就這樣直行直過，當是互不相干，來個最熟悉的陌生人那把戲？我實在不敢想像……

時間總會過去，就在那數十秒間，妳已經走到我面前，迎面而來的，是妳那震撼著我的點頭，刺得我深深的微笑。妳對我的大方，比起對我們任何一位朋友的態度還要陌生，還要有禮。我呆了，想去觸碰妳的手被妳無情打開。就這樣，連擦身都沒有，妳略過了我身邊。

站在行車路上安全島的中間，前後的車輛飛快地在我身邊經過，我回頭，呆呆望著跟我走相反方向的妳，我哭了。

我寧願妳跟我寒暄幾句，甚或是跟我擦身而過，也總比這樣向我點頭，微笑來得好。這種痛，是我所

用心・忘記

不能言語的……妳的身體，竟就是那麼近，和我隔了一條行車路，但妳的心靈，卻與我相隔了一條銀河，一條用上光速也難以到達盡頭的銀河……

我傻傻的站在路上，看著妳。曾經抱有一絲幻想，幻想妳會回頭，同情的施捨我一個眼神，但隨著妳愈行愈遠的身軀，我的幻想亦同時愈縮愈小……那一次，是我最後一次看見妳。妳在我生命中慢慢步近，遇上了，卻又漸走漸遠。在單程路上，妳不曾回頭，在這個愛情路上，亦然……

夏，又再一次來臨。隨著它那股熱情，似是在提醒我們時光的飛逝。轉眼間，新學年又來了，沒有期待著放榜，我靜靜的想作出改變……。經過一輪資料搜集，一輪面試，辦理手續，身體檢查……我相約知己們，宣布出國的消息。

「這個月，我會離開了。」朋友們被我突如其來的一句嚇呆了，不懂反應。

其實他們早知的，但卻沒有想到這麼突然，這麼快。沒有通知老師，其他同學、朋友，我就這樣，只

第十四章：最後的擦身而過

想低調地出走……

　　出發前幾天，是我最忙碌的時候。很多事情得要解決，準備，令我頭痛了好一陣子。晚上，我跟朋友溜了出外，買了點酒。在路上走著，我來到了妳家留下。呆呆的望著妳的那扇窗，在想著那扇窗的另一面，妳在做什麼。那刻，我感覺我們是如此接近。站在那裡，喝著酒，望著窗花，渴望能夠看到妳的身影，就算是影子也好……。朋友陪我站了整整兩小時，沒好氣的勸我離開……

　　「我走啦！再見了！」我忽然向著妳的窗花喊過去，期待妳分得出是我的聲音，好讓妳探出頭來看我一眼。其實我只想，跟妳親口說聲再見……

　　八月二十七日

　　「我走了，請妳記著，無論如何……我心中永遠留了個位置給妳，保重。」電話顯示的，是我最後一個傳給妳的短信。

　　「一路順利」

用心・忘記

沒有標點，沒有語氣，妳簡單的回我四個字。關
上電話，我再不願想那麼多。坐在機上，望著將要離
開的香港，我向墨爾本進發……（待續）

第十四章：最後的擦身而過

第十五章：女人好比玫瑰？

這陣子就是不停的上班，下班。拖著疲憊的步伐回家，然後就是足不出戶，對著電腦。朋友看不過眼，要拖著我出門，開車上山吹吹風……也許我的人生，已沒有多大刺激，但我卻樂此不倦，只想歸於平淡，安定下來。

寫於 2006 年墨爾本冬天

（十五）

經過了差不多十小時的機程，我來到了澳洲墨爾本機場。

在名單中尋找我的名字，便跟上了一輛小型貨車。沿途陌生的景物慢慢地由遠至近，然後再在身旁快速溜後，我知道，香港的一切，都離我太遠了……

用心‧忘記

再沒有像香港般的繁華，眼前一幢幢獨立的洋房，取代了烙在心中已久，用鋼筋水泥堆砌出來的森林。

　　這個地方，給我的第一感覺就是悠閒。不一會兒，坐著的車輛停在了一幢木屋前，司機指著房子，要我進去。看著眼前這座建築物，心，是寒了一寒。相比起隔壁那些建得美輪美奐的房子，她的隱蔽，更像一幢藏在森林中的一間孤獨小屋。也許屋主是個藝術家，而這正是她的設計特色？我只好往好的那邊想……

　　「沙沙沙……」我拖著沉重的行理，在那滿布碎石沙粒的地上行走。碎石間磨擦的聲音，地上散落了些被折斷的樹枝，圍牆上那些禁不起風雨的蜘蛛網，令我感覺這幢房子……更多田園氣息。

　　舉在空氣中的手來不及往門上敲，它已被自動打開。映入眼簾的，是屋子女主人抱著她的女兒熱情的招呼，問好。從她的自我介紹，我知道她叫蘇珊，是一個單親媽媽，生了三個子女，三個都是不同國籍，有意大利的、南非的、澳洲的……再加上本已住在家

裡的一個泰國男生和日本女生，我確定，那是一個國際大家庭。

也許適應力還算過得去，日子過的沒什麼特別。晚上九時多就寢，七時起床的生活已漸漸習慣。在那裡，商店五時多就全都打烊，沒有互聯網的世界，令我更加放鬆，生活亦歸於平淡。沒有想家，沒有害怕，沒有難過，只記得第一次躲在被窩悄悄落淚，是因為太悶。望著身邊的四道牆，什麼也不能做，沒有娛樂，眼淚就這樣掉了下來。想起那時的我，哭，是因為悶得發慌，總覺得很幼稚。

隨著日子的過去，認識的朋友愈來愈多。來自不同地方的人和事，令我得著更多。閒時和朋友們或是屋主人蘇珊聊聊天，生活漸上軌道，而我更不時和蘇珊他們談起我跟妳的種種。

她說，愛情本來就是一個循環，因為習慣這種痛，所以自己總會不其然再尋找新的人和事，去延續這種痛，寧願重複又重複的受傷，也不會躲開。

用心‧忘記

記得那一天，我幫忙到家裡的後花園除葉，拔草。

那裡很大，種有檸檬樹，做菜的香草，還有很多漂亮的野花，更有玫瑰！那一株株的玫瑰，顏色鮮豔得令人目不暇給，站在那裡欣賞了很久，偶然發覺有株要枯萎了，想伸手去把它除掉，大意的我卻被那些刺弄傷了。看著鮮紅的血迅速地從傷口滲出，然後一滴一滴的掉下，把腳下那些綠油油的野草染上一點鮮紅。

「女人，就好比玫瑰……美麗，而又危險。」蘇珊走過來，檢查我的傷勢，邊替我張羅藥水邊笑著道。我知道她的意思。望著指尖的血紅，我想起了妳，一個令人欲罷不能的妳……

從來都害怕在家中駁上互聯網，因我習慣，亦很高興這種不用接觸香港的生活。不用接觸香港，正代表不用接觸妳。每次打開電郵，都總是害怕得很，心臟往往不規律地亂撞，生怕有妳的消息，生怕知道妳的近況，生怕妳身邊會有個什麼人取代了我……或許這些都叫做逃避，但我總是逃不掉，避不開……

想到蘇珊的一個比喻。她說，妳就像一隻麻雀，而我就像一個盒子，盒子要打開，讓麻雀飛走，麻雀才會得到幸福。想到她的道理，那晚，我花了一輪工夫，駁上了互聯網，寄了一封電郵給妳，向妳說了一個小故事，故事……是這樣開始的……

　　「原來你本是一隻麻雀，而我則是一個盒子。本住在盒子裡的妳，那天，竟然掙開了盒子蓋，往上飛……盒子知道不能關上困住麻雀，它要永遠打開，任由麻雀來去自如。縱然盒子好想麻雀永遠待在裡面不走開，他卻知道麻雀不甘做井底蛙，知道麻雀要飛高點，望遠點。盒子只好安守本分，安靜地等待它的麻雀累了，夠了，回到盒子中，安定下來。
　　縱然麻雀已走得很遠，不曾回頭，它也無怨無悔。愛妳，是我所選擇的，我願意用我有的愛來愛著妳。」

　　這是我給妳，故事的開端，但妳不曾知道，這故事在我心中的結尾。因為我從不想正視它。其實在很久很久以後，我在我的網上日記寫下了這小故事的結局，而妳，永不會知道它，是怎樣的……

用心‧忘記

在那家庭待了兩個月，認識了一個泰國華僑，佩兒。我們聊的很投契，成為好友，亦決定跟她們搬出去。跟朋友住，相比起住在當地家庭，自由度大了很多。閒時在家舉辦派對，或是待在朋友家到凌晨，也不會有人過問。記得那天，我經歷了一次失而復得。

妳還記得當年妳送我的電話繩嗎？其實我一直都把它扣在我所用的電話上，不管它已經多殘，多舊。邊沿都開始鬆脫了，但我還是努力地每天維修著，把甩掉的剪下或是用火機的熱令它們再熔合在一起……那一天，朋友來到我們家作客，夜深了，我們主動想送她回家。

回程已是凌晨，我們都選擇徒步回家。在黑暗的路上走著走著，忽然，我察覺到原本扣在電話上的它不見了！心急如焚的我像個瘋子一樣堅持跑回頭，努力地在路上尋找著。雨水把墨爾本深夜的氣溫都推得更低，吹來的陣陣寒風，是刺骨的；雨，是愈下愈大，斗大的雨點拍打在我有點狼狽的身上，從髮際間緩緩流下，再從瀏海的髮尖滴出。眼前的景物都變得模糊，難為佩兒在身後靜靜跟著，看我這個瘋人發狂。而我，還是不死心的找了又找，更走回到朋友的

家前。

　　再次回程時，也不願停下，生怕錯過了一步，便失去了那值得紀念的信物。結果，是徒然的。接近回家的分叉路上，佩兒極力勸著我放棄……我心裡掙扎著，應否放棄，就這樣回家？還是再走到車站的方向碰碰運氣？結果，我選擇了後者。不死心的我，拋下了佩兒，就這樣一個勁兒跑上車站，就在那熟悉的路上，我隱約看見一條更熟悉的物體，就在風雨中顫抖著。

　　它，像失去主人般徬徨，隨著風不停在地上掙扎。我真的不敢想像，若我遲來一步，無情的冷風會把可憐的它往哪個角落裡送。我只知道，當時的我，鼻子都變通紅了，酸酸的。臉上的濕潤，有冷的，更有熱的……

　　有些東西，有人會不費吹灰之力便可擁有，有些東西，有人永遠沒有；有些東西，有人擁有了，卻又瞬間流走。他們也許可以重新擁有，也許永不再有。重新擁有，令他們學會珍惜；不再擁有，令他們人生中有了遺憾……然而，這個遺憾，令他們成熟，令他

用心·忘記

們成長。經歷過心痛，失望，絕望，許多的風風雨雨，不曾失去過，又怎會懂得珍惜？未曾嘗過苦的苦澀味，又豈會懂得體會甜的滋味？

　　失而復得，天真的我還以為是一個好開始，一種幸福的預兆，沒想到，原來這預兆，竟是這樣的……

　　那天，漫不經心的把電腦駁上，開了電郵。從來都感謝好友們總是把我的郵箱塞得滿滿的，縱然懶散的我不曾回過一封。然而，收到日然的電郵，附加了一個檔案。標題震撼著我的腦袋，開始感受到它在發麻。心，不停在急速亂跳，微震的手在那「我覺得應該要給妳看。」的標題連按了兩下，眼前的消息，絕對足夠讓我暈個三日三夜……（待續）

第十六章：希望他比我還要愛妳

　　終於下決心完成了第十六章，距離結局又行近了一大步。我享受坐電車時望著景物取靈感，享受我手寫我心的感覺。雖然很多時候總是執筆忘字，要人提點。從未試過感覺自己有股力量可以站起來面對妳，在今年這個聖誕節夜，我放鬆心情，撥了通電話給妳……妳問我是哪位……話未說完，妳已經又掛線了。心不再痛，有更多的只是覺得有趣，其實很想跟妳問一問好，很想送上新年的祝福，很想可以當個普通朋友，但原來妳並不願意。也許我過往所做的真的令妳很厭惡……但什麼已經不再重要……

　　　　　　　　　　　　　寫於 2006 年墨爾本，冬

（十六）

　　活了二十年，收過不少電郵，也許那是最令我痛不欲生的一封。打開它，內裡有著范日然給我的一段文字，附加了一個檔案……

用心‧忘記

「其實妳也應該知道這天總會來臨，該有心理準備吧……平靜平靜……新年，新開始，新目標！希望你有另一番新境象……」

范日然簡短的幾行字，我大概知道，檔案內是藏著怎麼樣的信息？深呼吸了一口氣，打開檔案，文字已急不及待闖進眼睛裡。

那是妳跟她的一段對話，內裡提到妳現在已經找到了幸福，進展似乎還不錯，而且是個美國留學生。看著妳提起他，讚賞他，心裡有說不出的難受。每一個文字都像箭般穿過我的心。從來不曾主動跟日然她們接觸的妳，今次竟一反常態主動打開話題，我知道，妳是想我知道，妳現在很幸福。那刻，我好像都痛恨了所有在美國留學的男生。

雖然說是有了心理準備，可是我還是很激動。衝出去拿起電話，我抖震著用手指按下妳的號碼……

「妳有男朋友了？」來不及打招呼，我劈頭第一句質問妳。

「有很久了，那又怎樣？」妳語調輕鬆回答，顯然知道我會死性不改煩擾妳。

　　「那……我怎樣？」頭皮發著麻問道，一條明知故問而又幼稚得很的問題。

　　「我怎麼知道妳怎樣？」妳似是用上嘲笑的口吻答道。

　　「妳和他什麼時候開始的？」我開始向妳發爛。

　　「關妳事嗎？」妳開始不耐煩。我無言，妳說得對，其實妳的一切，我都已經無權過問，只因我什麼位置也沒有。

　　「掛線吧，不要浪費我電話分鐘！」妳無情地說著，來不及反應，電話已經傳來妳掛線的聲音。

　　我像發狂一樣，衝回了房間，放聲大哭。我很不甘心，不甘心！心中只有氣憤卻又無可奈何。同屋的佩兒關心著我，我有一句沒一句的回答，最後索性不說了，反正不會有人明白我當時的感受。我心想，再說下去也是徒然的，她們不會了解，不會了解！

　　佩兒不停地安慰我，可聽在我耳裡那全都是廢話。突然，我覺得整個世界都很吵耳，很討厭。我不顧一切衝進了浴室，鎖上門。那刻我只想靜一靜，什

用心‧忘記

麼都不想聽……跌坐在浴室的地上，我徹底地崩潰了，人生還有意義的嗎？好像並沒有。我哭得死去活來，感覺喉嚨有些什麼哽著似的。也許那是一道氣，我很想發洩，大叫。終於，我奮力的把頭撞向了牆……

「碰，碰，碰！」一聲聲的巨響把佩兒嚇壞了，發狂地拍著門，而我好像失去理智般，一下比一下用力。那一刻，我竟有括出去的衝動，不顧一切想傷害自己。佩兒急得哭了，亂說了一番話我也聽得不大清楚。突然，外面安靜了，直覺告訴我她的行動。我不要！我不要佩兒騷擾妳，責怪妳，我不要讓妳知道那刻我的狼狽……

我衝了出去，果然，她已經用重撥的方式撥了給妳。我跪在地上，把頭伏在她大腿上，乞求著她掛線。

「不！不要這樣！那全是我的錯，不要怪她！」我哀求著，心怕她會令妳難堪。
「妳為什麼會這樣殘忍呀？妳為什麼這樣對待妳曾經愛過的人呢？難道妳忘了妳們當初的快樂甜蜜

嗎？」佩兒責怪著妳，那刻我很心痛，很後悔。

「是她自己選擇的呀，她怎樣我控制不了。」妳回答。

「妳真的很殘忍！」佩兒重複說著，我已經哭得說不出話。

「對不起，我在工作，要掛線了！」妳冷淡回答。

就這樣，妳們結束了對話，而我開始在家裡哭著亂走一通。拿起這個又放下那個，打開雪櫃又關上雪櫃，全屋的門都被我又開又關不下數十次。在做什麼我已經沒有知覺，毫無目的，整個人就是亂得很，像瘋了一樣，只想發洩。走累了，就躲在一旁，靜靜舔著傷口，承受著那種絕望的痛……

休息了一會兒，漸漸的，情緒平伏了許多。

洗澡時，觸碰到頭皮發出的那種痛，又勾起了我剛剛的一幕。回想起來，痛，原是我的咎由自取。那刻我覺得自己很傻，也很卑微，卑微得連我都看不起自己。亦明白一個道理，緣起緣滅，昨日的因，種下今日的果；就像把頭撞向牆這個因，換來的是頭痛欲

用心・忘記

裂的果，而妳會知道嗎？會心痛嗎？對不起，妳連同情都沒有。有這個果，只因妳不再在乎，不再愛我。

　　從前再幸福，再甜蜜的回憶，只有換來我現在更心痛，更絕望的感覺。身邊很多人都說，愛一個人，不是想那個人得到幸福嗎？為何眼看著別人得到幸福，自己卻痛心疾首？那不是很自私嗎？會痛，會心有不甘，是因為她的幸福，不是由自己去供給的。愛著一個人，就會很想方設法擁有，很想兩個人都彼此相愛，同偕共老，而現實，不懂同情，不懂憐憫。它不會因為可憐妳而替妳改變命運。所以痛，是在所難免，試問世上又有多少人，能夠像聖人一樣，毫無私心？

　　菸草，是妳所厭惡的，而我亦從來不覺得它跟我會有什麼關連。曾經貪新鮮的嘗過一兩次，使妳大發雷霆，令我很害怕，很後悔。但在今天，很想有一樣習慣令我可以懷念妳。籍著同屋的方便，我學會了這個既不健康又毫無意義的惡習。妳痛恨的，我偏要做。我渴望妳會憤怒，會在意，而不是冷冷的視若無睹，但我卻知道真實的妳並不會在乎，也許只會覺得我幼稚，覺得我傻，對我愈見討厭。每次當我點起

煙，我便會想起這個因，便會想起了妳。選擇了用這種愚蠢的方法去把自己的心銷起，留在妳身邊，雖然我並沒有告訴妳。

再痛的心亦會隨著時間麻木。新學年開始，我報讀了一個舞臺管理的課程，憑著過往一點點的經驗想混過去，但當接觸到真正專業的人和事，我才知道，從前那些大伙兒玩意，當個什麼導演所做出來的全是垃圾。我們甚至要由拖地、鑽木再到刷油漆學起，全身黑黑的衣服經過一整天跪在地上左量右貼，都變得白濛濛的。

子女選擇讀上這些範疇，從來都不是一般父母所期望的。在很多人眼中，藝術創作總是跟生活潦倒息息相關，但我慶幸我有一個會為我感到自豪的母親，有一個給我自由而又絕對支持的父親。

「爸爸不求妳會對我有所回報，只希望妳有能力自給自足便可以了。想做什麼就做吧，只要妳不後悔，爸爸一定盡力支持妳。」

用心・忘記

電話那頭傳來爸爸語重心長的話句。曾經以為他是覺得內疚，才讓我讀書；曾經以為他是應分的，因為他負了媽媽；曾經以為我應當討厭他，保護受傷了的媽媽⋯⋯其實全都不是。他所做的一切，是情義，而不是責任；是幫助，而不是彌補。很難得跟他通電，話題停不了。那刻才發現，原來我並不怎麼了解爸爸，甚至連他生日也不太確定。

從來未聽過爸爸說道理，新奇的感覺竟蓋過了應有的感動。終於，電源都用光了，自動關機，駁上充電器，按下電源，我看到那令人窒息的兩句說話在螢幕上出現⋯⋯

那是我很久以前做一個名為 Picasso's Children 的實習時寫下的。這個實習是一個為小朋友而設的油畫表演，有一部分，他們要一個接一個輪流走出去對著麥克風說：「More than everything, I want...」

「I want to fly in the sky, I want to be handsome, I want to travel with my mum, I want to walk on the sea, I want turn back time...」

很多很多的夢想，亦有很多很多的幻想，更有很多很多的空想。在那裡，我看到很多未來的主人翁。

他們有的是那麼天真，有的是那麼可愛，也有的是那麼老練。投入他們當中，看著他們把心底話都毫無掩飾地說了出來，令我很羨慕，很想變成他們其中的一個。人大了，不能擁有小朋友的純真和權利……不能大聲跟妳說，我只好把它當成我電話開機的問候語……

　　「More than everything, I want you back to me.」我暗自默許……（待續）

用心‧忘記

第十七章：麻雀與盒子的結局

　　終於到了最後的一篇，心裡呼了一口氣。拖拖拉拉了很久，工作忙，人又懶。每晚回到家，撲倒在床上，連站起來的力氣也沒有，只好趁坐火車上班下班的時候，拿著簿一點一點地寫下去。持續了兩個多星期，終於……感謝主！完成了這個故事，亦好像都真的放低了。有些事情總會過去，自憐並不是解決辦法，我慶幸經過了這幾年。沒有她，我不會變得成熟，確切知道現實這個詞語的解釋，亦很感謝妳們一路以來的支持、鼓勵，網上陌生的妳們確實跟我分擔了不少。無論如何，想做的已經做了，算是給自己一個交代……這一刻，好想去好好慶祝一番……不多說了，因為下面還有幾千字給妳們……最後，還是要謝謝曾經用心讀過的朋友們。

　　　　　　寫於 2006 年 9 月墨爾本逐漸回暖的春天

（十七）完結篇

妳踏著溜冰鞋在白色的溜冰場上滑行，藍色的絲帶在妳的帶領下在空氣飄動，不時的往我這邊微笑，是給我的嗎？感覺身邊站著一個人，樣子看不清，他在為妳打氣……顯然，我知道他是誰……

妳在場上忽然停下步伐，然後……慢慢的，向我們的方向走來，笑說遊戲能令情侶之間的感情大大提升，而妳就是一個很好的例子。感覺妳身邊的他在笑著附和，雖然樣子永遠不能看清，卻很想向他的臉揮拳。我克制著……心，是痛的。保持著堆砌出來的笑容，身心卻在掙扎想逃離現場，如常地，又一次驚醒。

也許在夢中的我還是那麼懦弱，想向他揮拳卻永遠不敢，得活在妳和他的笑聲下。夢境是可以靠驚醒來逃避，當有什麼痛苦，掙扎便可以醒過來，告訴自己還好只是夢境，那麼，現實呢？

深信有一天，這種戲碼是會確確實實出現的，那我可以憑什麼去逃避？說著祝福然後急步的逃離現

用心‧忘記

場？繼續戴上假面具跟他們說笑寒喧著，扮作滿不在乎還是沒他們好氣？或是不再抑制心中的怒火，向著那從來不想看清的臉揮拳，拾回自己所剩無幾的尊嚴？

真不明白，為何妳還是那麼喜歡闖入我的夢境，時而，給我希望，時而，讓我絕望。

數算著日子，到澳洲已經大半年，而妳的生日又漸漸步近了。給妳買了點小禮物，附了兩封信，用盒子載著，寄了給妳。等著等著，等了一個多月，我收不到妳任何消息。就在一個晚上，心灰意冷的我工作至夜深，拖著疲累的步伐回家，差點就被一個不知名的盒子絆倒。著燈一看，原來是那我給妳的禮物打回頭了。發覺那是因為大意的我把地址給寫錯，是天意嗎？還是什麼？我在掙扎應否再試多一次寄給妳，想了整整三晚，終於，我還是又把它寄出去了，這次是寄到燕子家。

拖拖拉拉的過了好些時間，當妳從日然手中接過這份禮物時，已經是七月了，就在二十四日那天，紀念我們相戀的那天。

第十七章：麻雀與盒子的結局

「喜歡嗎？」我給妳打了通電話，試探著問。

「不知道。」沉默了一下，妳說。

「嗯？自己喜不喜歡也會不知道的嗎？」故作輕鬆的說出，其實腦袋在盤算那句不知道背後的真正意思。

妳並沒有回答，更沒有說一句多謝，又是一輪沉默，主動掛上線，逃避聽著妳說出令我難堪的說話的可能，留個美好的結尾，不是很好嗎？

從那天開始，我每日就這樣執起筆，把我們相識的經過，相戀的經歷，一點一滴的寫在一本朋友從日本買給我的記事簿上。上面的卡通人物很可愛，我希望妳看到的時候，也能沾上一份喜悅，感受一下童真。

文字逐少逐少在簿裡堆砌，到了最後，我再也寫不下去。放棄勾起那痛死人的回憶，我把生活的點滴取替了難受的結局。

日子過得很快，轉眼又到了十二月，再一次放棄回港，因覺得自身改變的不夠多，亦不夠好。

用心・忘記

寧願跟妳隔開遠遠的，也不想低姿態的走到妳面前，告訴妳我還很想妳。所以，我把那本記事簿交給回港的朋友，要她代我寄給妳。其實到了這刻，我都不確定妳是否收到它，因為我已經不想聽，不想問。那個暑假，我就這樣待在澳洲，花掉所有時間去工作。

　　新的一年又開始了，進了大學校園。新的學習環境，新的人事，令舊的回憶都封滿了塵埃。記得當年媽媽問我要讀什麼？我想了一下，回答她……我要讀電影！原因竟是那麼的天真、幼稚，只因為喜愛看小說，電影的妳，總喜歡在它們裡頭感受現實不可能存在的愛情。其實我希望終有一天，我能為妳寫個小說，或是演個舞臺劇，或是拍套獨立電影，規模小小的，便已心滿意足。現在的我，好像已經讀到了喜歡的學系，但當年的夢想，還存在嗎？也許心態改變了，我得學習，眼前所走的路，是為自己，不能再天真的從別人身上出發，現實，就是如此。

　　還記得我給妳的那個盒子與麻雀的故事嗎？就在那新的一年，我開了一個網上日記，替這個故事，加上了結局。當時的屋主，說你像隻麻雀，而我卻是個

盒子，盒子要永遠打開……任由麻雀來去自如。天真的我幻想這就是故事的全部，卻不知道這只是故事的序幕。原來麻雀離開後，盒子的結局，是這樣的……

一天一天的過去，麻雀亦一天一天的長大，盒子卻仍然站在原地。盒子著急了，害怕自己並不能有足夠的空間容納麻雀，於是，它乞求著其他松鼠朋友們把它的身體用繩拉大。它天真的認為身體拉大了，麻雀便不會嫌棄。努力了一天，兩天，盒子的身體開始產生變化，釘子開始鬆脫，木板與木板間的距離一天一天的增加。盒子縱然感到痛苦卻沾沾自喜，因為它覺得自己離目標不遠了！很快很快，它就可以趕上麻雀的體積，為牠隨時的回來作好準備。結果有一天，松鼠們慣常的用力拉扯盒子，終於，「啪」的一聲，盒子承受不了，終於破裂了。

從那天起，它再也不是盒子，再也不能給麻雀什麼。它，只是一堆爛木。傷痕累累的它，每天只能望著天空。一切幻滅了，最後它發覺，原來麻雀已經有了伴，已經有了自己的家……而那個家是麻雀和牠的伴侶一起築成的……就建在盒子僅僅能看到的樹上，很大，很美，而且很安全……

用心‧忘記

新鮮感總會令時間走快一點，半年又過了，除了在妳生日那天發了一條短信給妳外，我再也沒有和妳接觸。就在那年的六月，我決定回港……

　　坐著朋友車，差點到了另一個機場，趕得我們捏了一把冷汗。飛機起飛了，那股衝力把我們都往椅背推去，澳洲的房子愈縮愈小，在天空下望去，像極小時候喜歡玩的電腦遊戲一樣，感覺很奇妙。

　　經過了難熬的十小時，我看到了熟悉的高樓大廈，看到了青馬大橋，看到了我的家——香港。興奮的拉著坐在隔離座的外籍人士表達我內心的感受。

　　「看！這就是香港呀，我們終於到了！」我手舞足蹈地說。
　　「妳是來旅遊的？」他笑著問
　　「不！這是香港，我的家！」我說得肯定。

　　步出了機場，花了一輪工夫才找到專誠請假來接機的朋友們。日然改變的不多，思橋變漂亮了，語沁亦都成熟了。在機場待了整整三小時，我們去了吃自助餐。看著鋪滿整個桌子的美食，我用相機把它拍

下。香港這個美食天堂，是墨爾本甚至其他地方比不上的，那是一份對香港的情意結。

吃過自助餐，才真正的步出機場，有很大的衝動想連人帶行理掉頭往內回去。天呀！太熱了！呼吸都好像變得困難，不消幾分鐘已汗流浹背。紅通通的臉令我覺得自己隨時會暈低，胖胖的我，真的很怕熱。

按下門鈴，門打開，躲在一角的弟弟往我身上撲來，小我十一年的他，從小和我打架到長大，但那刻我們的感情，比誰都好。

多得日然電話遙控式的指示，有幸我終於來到了聞名已久的朗豪坊，還有 APM 等新的商場。年輕人的消遣不外乎逛街，卡拉 OK 和看電影。吃喝玩樂了好幾天，終於，我回到母校，那個充滿回憶的地方。

校園滿布藝術氣息，樓梯、走廊甚至洗手間，也被老師和同學們油得色彩繽紛。乘升降機到最高層，昔日的感覺沒有太大改變。從走廊緩緩步行到盡頭，我在妳的班房停下腳步。

用心·忘記

嘗試把門打開，卻上鎖了。我只好站在窗外，往妳的座位望去，凝視著，幻想就像從前一樣。曾經，那裡坐著一個人，總喜歡留意每個經過走廊的人物，發現是她想念的人時，她便會對她微笑一下，或是扮個鬼臉，逗在外的那個人笑。那種相視而笑的感覺，就像一切都盡在不言中，縱然相隔了一層厚厚的玻璃，但也擋不了她們的心走近。曾經，我以為會就這樣到最後……是的，曾經……

　　舊生會？被老師通知下星期在學校會舉辦一個舊生燒烤聚會，第一時間，我想起了妳，妳會來嗎？我心裡忐忑而且矛盾，結果那一晚，妳並沒有出現。往後的一星期，我辦了一次舊同學聚會，打開畢業刊，我一個一個的騷擾。同學都以為我失蹤了，太耐沒有聯絡，和他們天南地北的說過不停，經常都忘了聯絡的真正目的。我們聊著從前，談著現在，說著將來……聽聞女生們還私底下比較嘴巴很壞的我當年欺負誰較多。朋友們問著妳的近況，我無言以對。近況？這幾年，所有妳的近況，也許都是從好友中得知的。也許，我對妳的了解，也不及妳身邊最普通的同事知得清楚。

相約的那天轉眼就到，懶得可憐的我選擇了最方便的交通工具，計程車。車子依著平均的速度向前進，看到的風景都是那麼熟悉，然而，漸行漸遠，我心裡竟生起了莫明的恐懼，只因為車子竟開到了妳家附近……

「司機哥哥，你真的知道那間酒家在哪裡嗎？」我按耐不住衝口而出，問題竟是那麼無知。

司機哥哥從倒後鏡打量了我一下沒有作聲，那刻我好想找個洞鑽進去不見人。經過妳家樓下，恐懼的感覺愈來愈強烈，我索性緊閉雙眼，不希望看見什麼會令我窒息的。聚會很順利地進行，雖然人數不多，但也足夠坐滿整整一圍桌子。由同學變成老朋友，他們都成熟了，各自為自己的前途奮鬥。聽著說著，很替他們開心，是真的。聚會過後，我們整班人就這樣站在門外依依不捨地道別……

「看！妳就這樣一召，我們都到齊了！多大面子！」男生們嘻嘻哈哈的開玩笑，看著他們，我沉默了一下。

用心‧忘記

「妳這個傻瓜！哈，看到妳剛剛感動的樣子了，真捨不得離開呢！」小翹說著。

無可否認，她真是一個很細心的女孩。我以為我掩飾得很好，卻還是被她看出了。沉默，是因為感動沒錯。很久沒有和思橋這個大忙人接觸，聚會過後有一晚，剩她下班，我們到了家附近的一間茶坊聚一聚。在裡頭坐著，喝著茶，她不經意向我吐出一句。

「早幾天，我碰到了她……」思橋說。那個她，顯然是指妳。我晃了一晃，同在觀塘上班的妳們，會碰到也不稀奇。

「是嗎？」我掙扎。一方面想裝出若無其事，證明我不在乎，一方面卻很想知道多一點妳的消息……終於，好奇心戰勝了一切。

「那她怎樣？有跟妳打招呼嗎？」我嘗試問得輕鬆。

「沒有……」思橋說得隱晦。

「那即是怎樣？說出來吧！不要我問了！」這種急切的感覺，很不好受。

「哈，很喜歡看妳氣急敗壞的樣子，爽死了！」思橋奸笑。想不到她心腸挺「惡毒」的，豈有此理！

「我向她微笑，她沒有理會我，就這樣擦身而過。」在我無奈的眼神下，她一點一點地說著。

「她身邊有人嗎？」我不死心繼續追問。我望著思橋，好不客氣。

「她……是一個獨立的個體……」看得出她是掙扎了很久，才吐出這一句。

「什麼？」在那種時刻，她偏要說些玄得我聽不懂的說話讓我受，我差點抓狂了。

「就是身邊有個男的，但我不確定他們什麼關係……」思橋被我迫供說著。

「哦，他們大概有牽手吧……」失望歸失望，事實，卻還是事實。從自己口中說出這個事實，總比從別人口中得知，好像來得好過一點。

「嗯……不太記得了，好像她看見我，然後才主動牽上他的……算吧！都忘記了。」坐在對面的思橋似是絞盡腦汁才說出這句話。

她想的如此苦惱，我知道那並不是因為她真的忘記了，而是因為她在想辦法把說話修飾得漂亮一點，好讓我少一點失落。有些事情，知得太清楚，難免會令人痛苦。現在回想，真的要感謝她的細心，她心思的細密，沒有把事實一個一個的鑽進我心窩，好讓我

有時間適應。

　　有些時候，身體就是會那麼一點逆思想而行。經過和思橋的對話，忍耐了很久的手指頭，終於不爭氣的拿起電話，撥了一組數字……

　　「喂？是我……」不是肚餓要叫外賣，而是，我竟然撥了給妳。
　　「妳哪位？」妳似是在睡夢狀態。
　　「是我……我回來了，想約妳吃個飯，見見面罷了。」在妳面前，我始終找不到一個合適的稱呼，只好渴望妳能夠聽得出是我的聲音。
　　「掛線吧！我不認識妳的！」妳說得冷淡。
　　「只想約妳吃個飯，像普遍朋友而已。」我實在感到疑惑，為什麼逃避的竟然是妳？妳不是想我能再次站起來嗎？為什麼妳就是不給我一個機會，向妳，向自己證明，我做得到？
　　「掛線吧！我不認識妳的！」妳再一次重覆。
　　「為什麼……」十萬個不明白，妳這樣做的目的何在。

第十七章：麻雀與盒子的結局

「掛線了，不要阻我睡覺！」在妳眼裡，永遠好像在我身上花一分鐘也嫌太多。

「那好吧！打擾妳了……不好意思！」我決定就這樣作罷，不想連剩餘的那點兒尊嚴也給妳帶走……「卡」的一聲，很清脆。為什麼？我問妳，亦同時問著自己，對妳做了那麼多連自己也看不起的事情，真的不知道，我為的，究竟是什麼……

假期接近尾聲，是時候又要準備起程了，不會忘記那一天，陪媽媽到行銀辦手續的那一天。不記得那該死的銀行就在妳家附近範圍內，繞著媽媽的手，緩緩前進。眼前的境物愈放愈近，心裡那份恐懼的感覺又漸漸浮現，眼睛只敢望著地下，心亦愈跳愈急，感覺自己好像抖不過氣，而且想哭。忽然，繞著媽媽的手也掙脫了，就這站在原地，因我知道，經過了那用磚頭劃分的界線後，就是妳家屋苑的範圍，我不敢再往前行，心裡總覺得不安，總是感到未知的危險……

媽媽並沒有停下腳步，就在她要踏過那條所謂界線時，我潛意識大叫了一聲。

「媽！危險呀！」在媽媽身後，我向她喝了一

用心・忘記

聲。不只她回頭望我，我感到，四周圍的途人也向我望過來，帶著一點點奇異目光。

「嗯？危險什麼？」媽媽摸不著頭緒問道。

「是的，危險什麼？什麼危險？發神經的！」我低頭笑著自言自語。笑自己剛才的愚昧行為。看著身旁的路人都神態自若地走著，我好像突然驚醒了。為什麼他們就不覺危險？危險的，不就是自己的心魔嗎？他們不覺危險，是因為他們沒有心魔，只要把心態給反轉過來，還有什麼值得害怕和恐懼呢？頭頂彷彿有那一下「叮」的一聲，我把頭抬高，快步的跟上了媽媽，牽起她的手繼續往前行……

「危險什麼呀？」好奇因子過盛的媽媽不死心問道。

「沒什麼，沒什麼值得危險呀！」我說得有點玄。

「神經病！」不服氣的媽媽甩開我的手，自顧自的走進銀行，我跟隨著……和那笑得自信的嘴臉……

（完）

後記

　　這個故事塵封了十五年，一切也都早放下了。沒有那些經歷就沒有現在的我，心裡懷著滿滿的感激與祝福繼續向前行，面對我自己的人生。

　　其實要不要放下，能不能放下，只是個人一念之間的執念，接受了現實，放下了所有不應該存在的念頭，心裡會有所釋懷。我總是把這些失敗的戀愛經歷當作是我這一輩子要完成的「功課」，在佛教來說，他們可能是我上輩子積下來的考驗，我知道我要是不去完成它，跨過它，它們便會循環不息的繼續出現，令我一遍又一遍的受傷，痛楚。

　　人們都不應更不能強求他們所想的，所渴望的；越是強求，越是求不得。我沒有刻意去研究宗教，不懂很多的大義道理、宗教名言，但如果每個人把自己所遇到的困難都當作是上天早已安排的考驗，學習微笑面對，結果又會怎樣？不妨可以問問上天老大：「哈！這回你又給我一副什麼樣組合的撲克牌讓我去玩呢？是好牌還是爛牌都放馬過來。」我相信心態可

用心・忘記

以改變命運，也許學習把自己抽離去看待自己的人生，可能會有其他更高的領悟。

多謝各位讀者花時間去讀這篇故事，如果想有更多的交流或者想看更多我不同的文章或是小故事，歡迎你們 follow Facebook 專頁「乳齒童時」，我會深表榮幸，願我們再見。

後記

國家圖書館出版品預行編目資料

用心・忘記／展令橋著. ─初版.─臺中市：白象
文化，2021.03
　　面；　公分.──（說，故事；94）
　ISBN 978-986-5559-60-1（平裝）

857.7　　　　　　　　　　　　　109020934

說，故事（94）

用心・忘記

作　　者　展令橋
校　　對　展令橋
封面設計　劉思諭
專案主編　黃麗穎
出版編印　吳適意、林榮威、林孟侃、陳逸儒、黃麗穎
設計創意　張禮南、何佳諠
經銷推廣　李莉吟、莊博亞、劉育姍、王堉瑞
經紀企劃　張輝潭、洪怡欣、徐錦淳、黃姿虹
營運管理　林金郎、曾千熏
發 行 人　張輝潭
出版發行　白象文化事業有限公司
　　　　　412台中市大里區科技路1號8樓之2（台中軟體園區）
　　　　　出版專線：（04）2496-5995　　傳真：（04）2496-9901
　　　　　401台中市東區和平街228巷44號（經銷部）
　　　　　購書專線：（04）2220-8589　　傳真：（04）2220-8505
印　　刷　基盛印刷工場
初版一刷　2021 年 3 月
定　　價　220 元

白象文化　印書小舖 PressStore　出版・經銷・宣傳・設計
www.ElephantWhite.com.tw　自費出版的領導者　購書 白象文化生活館